文春文庫

ゆうれい居酒屋

山口恵以子

文藝春秋

目次

第一話　イタリアンの憂鬱　7
第二話　貝と女優は冷凍で　53
第三話　親しき仲にもディスタンス　101
第四話　偏食のグルメ　147
第五話　炎の料理人　191
あとがき　232
「ゆうれい居酒屋」時短レシピ集　235

この作品は文春文庫のために書き下ろされたものです。

本文カット　川上和生
編集協力　澤島優子
DTP制作　エヴリ・シンク

ゆうれい居酒屋

第一話

イタリアンの憂鬱

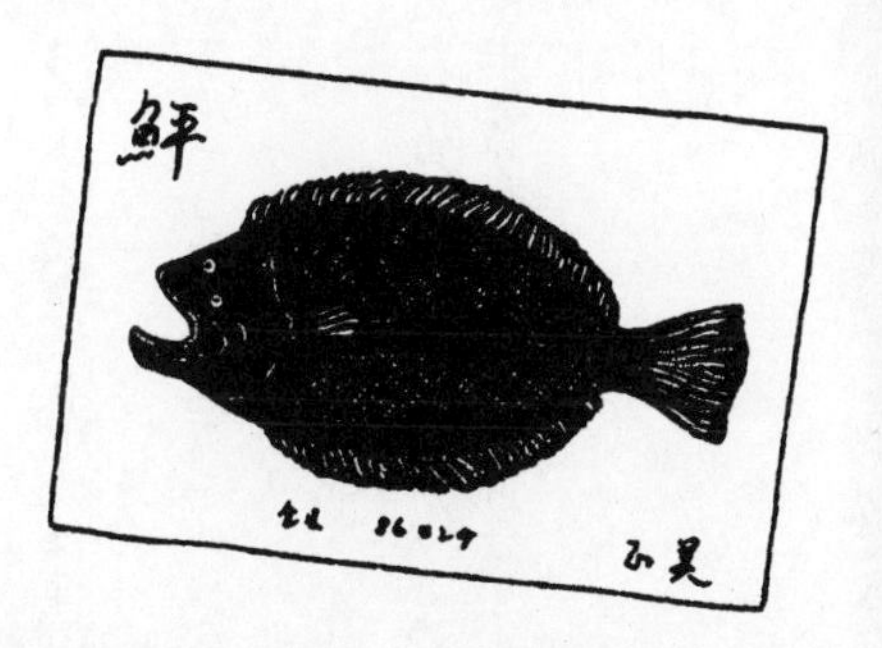

ストンと落ちる感覚で、秋穂（あきほ）はハッと目を覚ました。ちゃぶ台に突っ伏したまま、うたた寝をしていたらしい。

顔を上げて柱時計を見上げれば、午後四時を回っている。そろそろ仕込みを始めなくてはならない時間だ。

「ふぁ〜あ」

秋穂は両手を上げて大きく伸びをすると、立ち上がった。声には出さないが、心の中では自然に「どっこいしょ」の掛け声がかかる。こんな年寄りじみた言動を自分がするようになるとは、若い頃は想像もしていなかった……。

しょうがないか、もう五十だし。

苦笑いをかみ殺し、茶の間に続く厨房（ちゅうぼう）に降り立った。

新小岩（しんこいわ）駅は総武（そうぶ）線の快速停車駅だが、両隣の平井（ひらい）駅と小岩（こいわ）駅に比べると駅ができたのは三十年ほど遅かった。それで、本当は「下総小松駅」という駅名にしたかったのが「小岩の手前の駅」というほどの意味で「新小岩駅」になったという経緯がある。

駅の南側にはルミエール商店街という、かつて日本一の長さを誇ったアーケード商店街がある。各地でシャッター通りとなる商店街が増える中、すべての店が営業しているのは立派と言う他はない。

その周辺の路地にも小さな飲食店が軒を連ねていて、駅に近い場所にはラブホテルも数軒存在する。これは戦後、亀戸で空襲に遭った業者が小岩と新小岩に移転して「赤線」を形成した名残だろう。

つまり新小岩とは、気取らない下町の繁華街であり、ちょっぴりレトロでいかがわしさも残る地域なのだった。

米田秋穂は駅裏の飲食街で「米屋」という居酒屋を開いている。お米屋さんと間違われるから屋号は「よね屋」にしようと言ったのに、夫の正美は「面倒臭いから、これで良いじゃん」と、看板も暖簾も既製品の「米屋」で間に合わせてしまった。もっとも、飲食店の建ち並ぶ真ん中で、米屋と居酒屋を間違える人はいないだろうが。

その正美も、十年前に心筋梗塞で亡くなった。いや、本当は死因が心筋梗塞かどうかは分からない。朝、秋穂が目を覚ましたら、隣で寝ている正美が息をしていなかったのだ。眠っているとしか思えない死顔だった。枕にキチンと頭を乗せたまま、安らかな表情で、苦しんだ様子はみじんもなく、今にも目を開けそうだった。

だから秋穂はすぐに一一九番に電話して「あのう、主人が息をしてないみたいなんですけど」と言ってしまった。後から考えればばかげているが、その時はどうしても正美がすでに死んでいるなどとは信じられなかったのだ。

秋穂は包丁を握る手を止めて後ろを振り返り、厨房の隅に飾ってある正美の写真に目を遣った。

あんたのお陰で、とうとう飲み屋の女将になっちゃったわよ。

写真の正美はどこ吹く風で、のんびり微笑んでいる。釣り用のキャップとベストを身につけて。「釣りバカ日誌」のハマちゃんさながらの釣りマニアだったので、遺影まで釣り船で撮った写真になってしまった……。

壁には釣果の魚拓が何枚も貼ってある。それが古ぼけて殺風景な居酒屋の、唯一の装飾だった。鯛や平目などの大物は、釣り上げたときと魚拓を取るときと二度嬉しいらしく、魚に墨を塗る正美の嬉々とした表情を、今でも昨日のことのように思い出す。

秋穂はお玉を手に、鍋からゴボウと牛モツを一切れすくい、小皿にとって味を見た。

煮込みに味が染みれば仕込みは完了だ。

「美味い！」

景気付けに一声上げた。

二十年間注ぎ足してきた煮汁には、充分に下茹でして臭味を抜いた牛モツの旨味がたっぷりと染み出している。その煮汁を吸った牛モツが不味かろうはずがない。しかも、よく煮込んであるので、箸で千切れるくらい柔らかくなっている。お供の大根、人参、ゴボウ、こんにゃくも良い味に仕上がった。

秋穂はモツ鍋をかけたガス台の火を一番細くしてから、カウンターを出てエプロンを外し、洗濯し立ての白い割烹着を身につけた。おしゃれはしないが、清潔だけは心掛けている。

暖簾を表に出し、看板の電源を入れ、戸口にぶら下げた「準備中」の札を裏返して「営業中」に替えた。

米屋は小さな店で、カウンター七席しかない。ざっかけない居酒屋だから高い料理は出していない。それでも何とか食べていけるのは、自宅兼店舗で家賃が発生しないからだ。

いつもなら、六時に店を開ければすぐに常連さんが顔を見せてくれるのだが、この日は一時間経ってもお客さんが入らない。「変ねえ。どうしたのかしら」

秋穂は手持ちぶさたでラジオを点けた。有線放送は入れていないので、ＦＭで音楽を聴く。ＡＭはプロ野球のシーズンはみんな野球中継になってしまう。

ラジオから米米ＣＬＵＢの「浪漫飛行」が流れてきた。続いて、徳永英明の「壊れかけのＲａｄｉｏ」、竹内まりやの「シングル・アゲイン」……。

ふと気がつくと耳にチェンバロの曲が飛び込んできた。番組がクラシックに変っている!?

やだ、立ったまま寝てたのかしら？

あわてて時計を見ると、すでに針は十時を回っている。煮込み鍋を覗いたが、ごく弱火にしてあるので煮立ったりしていない。

ホッと胸をなで下ろすと、ガラス戸の向こうに人影が見えた。

「いらっしゃいませ！」

秋穂は素早くラジオを消した。

入ってきたのはまだ若い男の客だった。初めて見る顔だ。米屋の客層は中高年男性が主体なので、珍しい。

「いいですか？」

青年の名は勅使河原仁という。初めての店なので、一度店の中をぐるりと見回してから、やや遠慮がちに尋ねた。

「どうぞ、どうぞ。お好きなお席に」

と言っても七席しかないが。

仁は真ん中を避けて端から二番目の椅子に腰を下ろした。秋穂がおしぼりを差し出すと、受け取って手を拭きながら、壁に貼った品書きの紙を見上げた。すると、どうしても数々の魚拓が目に留まる。

物珍しそうに魚拓を眺める初めての客に、秋穂は予め断りを入れた。

「お客さん、ごめんなさいね。あれは亡くなった主人の趣味で、うち、鮮魚料理とかないんですよ」

仁は改めて秋穂の存在を思い出したように目を戻した。

「ええと、ホッピー下さい」

特にガッカリした声音ではないので、まずはホッとした。

ホッピーは居酒屋の定番だが、登場したのは戦後間もなくで、当時高嶺の花だったビールの代わりに、ビールテイストの炭酸飲料に焼酎を入れて飲むようになったのが始まりだ。低カロリーで低糖質、プリン体ゼロなので、最近は女性にも人気がある。

「はい、どうぞ」

氷と焼酎を入れたジョッキに、ホッピーの瓶を添えて出した。マドラーでかき混ぜない方がホップの風味が際立つ。

冷蔵庫から保存容器を取り出し、中の料理を小皿に取った。

「こちら、お通しになります」

小皿にこんもり盛り付けたのは、セロリと白滝の柚子胡椒炒め。さっと茹でた白滝とセロリを、葉も一緒にゴマ油で炒め、柚子胡椒で味付けしただけの簡単な一品だが……。

仁はひと箸口に入れて、少し意外そうな顔をした。

爽やかな味わいで、白滝とセロリの歯応えの対比が楽しめる。酒にも合うが、鶏肉のソテーの付け合わせにもピッタリだ。何より、三日間は冷蔵庫で保存できるので、作り置き料理として重宝している。

「これ、美味しいですね」

「ありがとうございます。よろしかったら、お代りサービスしますよ」

「……下さい」

仁は小さな声で言った。身長一七二、三センチくらいで、やや細身の体つき。しかし、それ以上に線の細い印象を受ける。色白で、今時の若い者らしく、顔が小さくて小綺麗で、淡泊に整った目鼻立ちをしていた。

秋穂がお通しのお代りを出すと、仁は軽く頭を下げた。

「ここ、お勧めはなんですか？」

「煮込み。美味しいわよ」

秋穂はニコッと笑って付け加えた。

「他はあんまり大したもんはないの。手抜き料理ばっかり。ビートたけしの歌にある〝煮込みしかないくじら屋〟ならぬ居酒屋よ」

仁はつられたように微笑んだ。

「じゃ、煮込み下さい」

「毎度あり」

小鉢（こばち）に煮込みをよそい、刻みネギを散らす。味付けは酒と味噌（みそ）と醬油（しょうゆ）が少々。ニンニクは入れていない。

仁は両手で小鉢を持ち、鼻に近づけると目を閉じて、ゆっくりと匂（にお）いを嗅（か）いだ。

「良い匂いですね」

「でしょ？　下茹でして何度も茹でこぼしてあるから、モツの臭味はゼロのはず」

秋穂はカウンターに置いた七味唐辛子を指さした。

「七味はどうぞ、お好みで」

仁は箸を動かして、せっせと煮込みを口に運んだ。

お腹空いてるのかな？

秋穂はちょっと意外に思った。米屋のような居酒屋は二軒目に立ち寄るお客さんが多く、一応前の店でお腹に何か入れてくる。だからつまみも軽いものが主体で、本格的な料理は出していない。

「お客さん、もしかして、お腹空いてます？」

仁は煮込みの汁を飲み干して、小鉢を置いた。

「うん。なんか、段々お腹空いてきた。夕飯、喰ってなかったんだ」

「食べると食欲って刺激されるのよね。鶏肉、好き？」

「……一応」

この頃の若い人って、どうして即答しないのかしら。必ず頭に「一応」とか「別に」とか付けるのよね。

心の声は顔に出さず、秋穂は再び微笑んだ。

「中華はどう？　茹で鶏のネギソース掛けとか」

「下さい！」

仁はこれまでより元気の良い声で答え、ジョッキを空にした。瓶にはまだ半分ホッピーが残っている。

「中身、お代りしましょうか？」

「……中身って？」

「ああ、焼酎のこと」

居酒屋用語ではホッピーを「外」、焼酎を「中」という。

「もらいます」

秋穂はショットグラスにキンミヤ焼酎を注ぎ、カウンターに置いた。仁は焼酎をジョッキに空け、瓶に残ったホッピーを注ぐと、美味そうに一口飲んだ。

秋穂は次の注文に取りかかった。トマトを一個スライスして皿に並べ、茹でておいた鶏モモ肉を一枚冷蔵庫から出し、食べやすい大きさに切った。茹で鶏をトマトの上に載せ、刻みネギを散らしたら、醬油と砂糖、酢、ゴマ油、生姜の絞り汁を混ぜて水で薄め、上からかけて出来上がり。

鶏モモ肉は常時茹でて保存してあるので、これも作り置き料理になるだろう。何しろ一人でやっているので、煮込み以外にはあまり手間暇をかけたくない。それに、注文を受けたらすぐに出せるのも大切だ。お客さんが求めるのは酒の〝当て〟で、じっくり料理を楽しむような店ではないのだから。

「香菜、載せて大丈夫？」

「はい、大好きです」

お客さんの大半は香菜が苦手なので、珍しい返事に嬉しくなった。お客さんに人気の無い香菜を店に置いているのは、秋穂が好物だからだ。

仁はもりもりと茹で鶏を食べ、ホッピーのジョッキを傾けた。

「これも美味いですね。中華の前菜に出てくるやつだ」

「そうそう。茹でただけだけど、たっぷり日本酒入れてるから、しっとりしてるでしょ」

秋穂は調子に乗って自画自賛した。そして仁の旺盛な食欲に感じて、もう一声かけてみた。

「よろしかったら、海老とブロッコリーのガーリック炒めも食べてみます？　ビタミンの補給に」

仁は茹で鶏を頰張ったまま頷いた。

秋穂は冷蔵庫を開け、茹でたブロッコリーと海老の入った容器を取り出した。フライパンにオリーブオイルとガーリックの粉末を入れて弱火に掛け、香りが立ったらブロッコリーを入れて香ばしく焼く。そして海老とミニトマトを追加し、塩胡椒で味を調えて、全体に温まったら出来上がり。

湯気の立つ皿を目の前に置くと、仁はまたしても目を閉じて、鼻から大きく空気を吸い込んだ。

「良い香りだなあ。これはイタリアン？」

「それほどのもんじゃないけど、オリーブオイルとミニトマトに免じて、なんちゃってイタリアンってことで」

仁はブロッコリーを口に入れ、改めて店内をぐるりと見回した。魚拓には釣った魚の種類と日付、本人と見届け人の名前が書かれている。

「ご主人、腕の良い釣り師だったんですね」

多少はお世辞もあるだろうが、仁の口調には尊敬が感じられた。

「ありがとう。褒めていただいて本人、草葉の陰で喜んでるわ」

「釣ったあとの魚はどうしてたんですか？」

「食べましたよ。みんなで酒盛りやる分は船宿でさばいてもらって、残りは家に持って帰ってきて、友達呼んで宴会やったりね」

「楽しそうだな。『釣りバカ日誌』みたい」

「そうそう、あんな感じ」

秋穂の脳裏にその頃の想い出が甦る。刺身は正美の担当、揚げ物とアラ汁を作るのは秋穂の担当だった。大仕事だが楽しかった。若かったせいだろう。あの頃はまだ、夫婦とも二十代だった……。

「良いなあ」

仁がふっと溜息を漏らした。その表情は妙に寂しげだ。

「あら、お客さんも釣り、やれば良いじゃない」

「ダメなんだ。乗り物酔いするから」

「そんなら、船に乗らない釣りもありますよ。渓流釣りとかフライフィッシングとか」

「詳しいんですね」

「門前の小僧。主人が好きだったから」

ふと見れば、ホッピーのジョッキは空になっている。

「お客さん、次のお酒、どうしましょう？」

「そうだな……」

仁はカウンターに置かれたメニューを手に取り、裏返した。表が一品料理、裏がアルコール類の品書きになっている。

内容はいたって貧弱だ。まずはホッピーとビールだが、ビールはサッポロの瓶ビールだけで、生ビールは管理が面倒なので置いていない。チューハイはプレーンとレモンとウーロン茶の三種類。そしてサントリーの角ハイボール、日本酒は黄桜本醸造の一合徳利と二合徳利のみ。ソフトドリンクの注文が来ることはまずないが、一応念のためにコーラとウーロン茶は置いてある。

「日本酒にしようかな」

「お燗します？」

「うん。ぬる燗で、一合ね」

秋穂は一合枡に黄桜を注いで徳利に移した。ついでに自分用の徳利にも黄桜を注ぎ、二本並べて薬罐の湯に入れて燗を付けた。

「はい、どうぞ」

カウンター越しに徳利を差し出し、仁の猪口に最初の一杯をお酌してから、手酌で自分の猪口にも注いだ。

「シメに何か召し上がる？」

「うん……」

猪口を片手に、仁はもう一度メニューに目を落とした。ご飯ものはおにぎりとお茶漬けが載っている。

「良かったら、今日は混ぜ麺も出来ますよ」

「エスニック？」

「さあ、どうなのかしら。友達が教えてくれたの、黒オリーブと高菜のタレ」

秋穂は冷蔵庫からガラス容器を取り、カウンターに置いた。

「黒オリーブと高菜？」

仁は不思議そうに容器に顔を近づけた。

「匂い嗅いでも良いですか？」

「どうぞ、どうぞ」

仁は蓋を取って鼻の穴を膨らませ、黒っぽいタレの匂いを吸い込んだ。高菜の発酵臭とディルの爽やかな香り、そこに生姜の香りも混ざり、微かにナンプラーの気配も感じられる。

「最初に材料聞いたときは突拍子もない組み合わせだと思ったけど、食べてみたら意外と合うのよ。白いご飯にかけても美味しいけど、茹でた中華麺と和えると、これまた美味しいのよね。もったりした感じで麺と一体感があって」

「じゃあ、せっかくだから混ぜ麺で」

仁は容器をカウンターに返し、猪口を口に運んだ。

「ここ、良い店だね」

「ありがとうございます。お客さん、優しいですね。あり合わせの手抜き料理ばっかりなのに、いっぱい褒めてくだすって」

仁はムキになったように、大きく首を振った。

「そんなことないよ。俺、イタリアンの厨房で働いてるんだけど、ここ、すごく良いと思うよ。気取ってなくて、これ見よがしなとこもなくてさ。『どんなもんだい、俺の才能は！』って料理人のどや顔が見え隠れするみたいな店に行くと、疲れちゃうよ」

「うちとお客さんの行くような店はレベルが違うわよ。こっちは完全な素人料理で、私も料理の勉強なんかしたことないし」

そこまで言って、秋穂は少ししんみりした気持ちになった。

「でもね、主人が生きてる頃は、もっとちゃんとした料理を出してたのよ。釣ってきたばかりの活きの良い魚をさばいて、じゃんじゃん出してたから」

壁に貼った石鯛の魚拓を指さした。

「あの人、釣りも好きだったけど魚も好きだったのよね。川魚より海の魚の方が美味いって、渓流釣りはほとんどやらなかったわ。フライフィッシングはスポーツだからって、全然」

猪口に残った酒を飲み干し、先を続ける。

「主人は魚を下ろすのが上手くてね。鯛でもカワハギでもオコゼでも、なんでもござれ。中骨は唐揚げにしたり、煮付けにしたり、アラ汁にしたり。卵も白子も内臓も無駄にしないで、塩辛作ったりしてたのよ。この店始めたのも、釣ってきた魚を無駄にしたくない、みんなにご馳走したいって、それが動機なの」

秋穂は遠くを見る目になった。魚拓を通して、正美の顔がほの見える気がする。

「うちの主人見てて思ったわ。料理人って、美味しいものを食べるのが好きで、人に食べさせるのも好きなんだって」

「うん、絶対にそう」

大きく頷いた仁に、秋穂はますます親しみを感じた。

「お客さんにも主人が生きてる頃に来て欲しかったな。そしたら、魚だけは活きの良いのを食べさせて上げられたのに」

「でも、女将さんの料理もイケてるよ。何より待たせないでさっと出てくるのが良いな」

「待たせるような料理じゃないもの」

「そこが良いんだよ。ザ・居酒屋って感じで」

鍋の湯が沸騰したので、秋穂は中華麺をほぐして入れた。茹で時間はおよそ二分半だ。

「すぐ出来ますからね」

茹で上がった麺をザルに取り、水気を切ってから皿に盛って黒オリーブと高菜のタレをかけると、両手に菜箸を持って二刀流で素早く和えた。

「はい、どうぞ」

目の前に置かれた皿から立ち上る湯気を、仁は思い切り吸い込んだ。台湾のようでありエスニックのようでもある、複雑で食欲をそそる香りが鼻腔をくすぐった。

箸で麺をすくい、火傷しないように注意してすすり込むと、香りは豊かに膨らんで喉から鼻に抜けた。高菜の塩気とオリーブのコクにディルの爽やかさと生姜のスパイシーさが混ざり合い、麺と渾然一体となって旨さを押し上げている。

「これ、うまい！」

仁は夢中で麺を口に運び、またたく間にあらかた食べてしまった。その様子に秋穂はまたしても頰が緩んだ。

「お水、どうぞ」

仁は口の周りをおしぼりで拭くと、コップの水を飲み干した。

「今までこんなの、食べたことない。すごいタレだね」

「あら、嬉しい。今度友達に会ったら言っとくわ」

仁はもう一度店の中を見回した。

「ねえ、女将さんは魚の料理はやらないの？」

「私、魚下ろせないのよ」

「店の人に頼めばやってくれるよ。それに、刺身や冊（さく）で買って来るのもありだし」

秋穂は気乗りのしない声で答えた。

「うちで海鮮料理食べようってお客さんもいないしね。それに、ただ買って来たもの出すだけって、ちょっと抵抗あるわ」

「そこは一手間だよ」

仁は空になった混ぜ麵の皿を指さした。

「例えばこのタレ、刺身にかければ立派な一品料理になるよ。題してエスニック風カルパッチョ。生姜が入ってるから、生姜で食べる鯵（あじ）とは相性が良いし、鯛や平目みたいな白身とも合うな。ブリやカンパチみたいな脂（あぶら）の乗った魚もイケると思うよ」

「……カルパッチョ」

秋穂は頭の中で、色々な刺身の上に黒オリーブと高菜のタレをかけてみた。言われてみれば、どれも美味しそうだ。

　すると、釣ってきた魚をさばく正美の姿が目に浮かんだ。

「鯵と言えば、昔はタタキとフライが名物だったのよ。釣ってきた鯵をさばいてフライにしたのは、冷凍とは完全に別物よね。身がふっくらして、脂が乗って、旨味が濃くて……。タタキも懐かしいわ。正統派も人気だったけど、味噌入れてなめろう風にしたり、茗荷を刻んで梅肉とゴマ油で和えてみたり、アレンジレシピも好評だったのよね」

「それ、またお店で出せば良いじゃない」

　秋穂は気弱に目を逸らした。

「無理、無理。釣ってきたばかりの魚とスーパーで買ってきた魚じゃ、まるで違うもの」

「女将さん、この店で海鮮注文するお客さんはいないって言ってたじゃない。海鮮じゃなくて、魚を使った手軽な一品料理をメニューに加えるんだよ。レパートリーが増えればお客さんだって喜ぶと思うよ」

　仁はわずかに身を乗り出した。

「さっき女将さんの言った鯵のタタキのアレンジレシピは、そのまま使えるよ。スーパーで買ってきた刺身だって、そうやって一手間加えれば、美味しい酒の肴に変身する」

秋穂は改めて仁の顔を見直した。イタリア料理の厨房で働いているというこの若者は、本気でそう思っているのだろうか？

「鰺は洋風にタルタルにしても美味いよ」

「タルタル？」

「タタキの親戚みたいなもん。鰺の刺身を一センチ角に切って、塩胡椒をしっかりふって、レモンを絞ってかけておく。赤玉ネギとキュウリ、黄色のパプリカを五ミリ角に切ったら、軽く刻んだケッパーと一緒に鰺と野菜をすべてボウルで混ぜて、塩胡椒、レモン汁、オリーブ油で味付けして、仕上げにミントの葉を混ぜて出来上がり」

秋穂の頭の中にはおぼろげながらも洋風タタキのイメージが出来上がった。

「タサン志麻って人のレシピだけど、この店で出しても受けると思うよ。タタキが作れる人ならすぐ出来るから。パンに載せて食べても美味いよ」

「ケッパーって、スモークサーモンの上に載ってる緑の粒？」

「うん。軽く刻んで加えると魚の生臭みを消して、味のアクセントになる優れものだよ。ケッパーがなかったら生姜の酢漬け、ラッキョウ、ピクルスみたいな、酸味と塩分が効いてるもんで代用できるよ。ミントの葉っぱも、万能ネギや香菜で代用できるし、和風にしたければ茗荷や大葉を入れるのもあり」

タルタルの作り方を説明する仁の目は生き生きと輝いていた。

「美味しそうねえ」

「騙されたと思って一回挑戦してみてよ。絶対に美味いから」

「明日、鯵買ってこようかしら」

秋穂はいつの間にか仁の熱意に引っ張られ、チャレンジ精神が頭をもたげてきた。

「ホントに？」

「うん。なんか、やる気出てきた」

「じゃあ俺、明日また来るよ。責任上」

「あらあ、ありがとう。待ってます」

口ではそう言いながら、頭の中では「またとお化けは出ない」という居酒屋の常識を思っていた。しかし、それとは別に、仁に対する好意と尊敬の念は大きくなっていた。

「それにしてもお客さん、若いのに大したもんだわ。さすがにちゃんと料理の勉強してる人は違うわね。あっという間に新しいメニュー、いくつも考えて」

「それほどのもんじゃないよ」

仁は謙遜したが、決して悪い気はしなかった。秋穂の態度が真摯で、決して口先だけでお世辞を言っているのではないことが分ったからだ。

「お客さんみたいな先生がいたら、世の奥さん達はきっとすごく助かると思うわ」

秋穂は自分の猪口に酒を注ごうとしたが、すでに空っぽで滴が垂れただけだった。

「お客さん、お礼に奢(おご)るから、もう少し飲みません?」

「良いよ。俺も飲みたかったから、一緒に飲もう」

仁の高揚した気分が伝わってきて、秋穂も嬉しかった。

「すみません。遠慮なくご馳走になります」

秋穂は徳利に酒を注ぎ足した。

「世の中の奥さん達、毎日大変なんですよ。栄養のことも財布のことも考えて、冷蔵庫の中身と特売のチラシ見比べて献立考えるのって、しんどいんです。私もこの商売始める前は、お勤めしながら主婦やってたから……」

薬罐の湯の中にそっと徳利を沈めた。

「お客さんみたいな知合いがいて、相談に乗ってくれたら、みんな大助かりよ。材料を無駄にしたり、献立がマンネリになったりってこともなくなるし」

仁は何かを思い出すように首をひねった。

「うちのお袋も苦労してたのかなあ」

「そりゃあ、してましたよ、きっと」

秋穂は薬罐から徳利を持ち上げ、タオルで水滴を拭いた。

「お客さんが家に帰ったとき、あれこれアドバイスして上げたら、きっとお母さん、喜びますよ」

「お袋、亡くなったんだ。俺が高校生の時」

「ごめんなさいね、余計なこと言って」

秋穂は頭を下げたが、仁は首を振った。

「気にしないで。余計なこと言ったのは俺の方だから」

そして、感慨を込めて先を続けた。

「俺、女将さんの言ってること、良く分る。新入りはみんなの賄い作るのも役目でさ。入店して四年間、新人が入ってくるまでずっと、仕込みの残り物かき集めて作ってた。高いもんは使えないし、毎日目先も変えなきゃいけないし、ホント、大変だった。きっと世の中の奥さん達もみんな、同じ苦労してるんだろうね」

しかし仁の口調は愚痴っぽくはなく、むしろ楽しげだった。

「俺の賄い、結構評判良かったんだよ。残り物で工夫しながらメニュー考えるのも楽しかった」

「お客さん、幸せね」

「え？」

「だって料理が好きで、料理に向いてるもの。好きなことが自分に向いてるっていうのも運が良いし、おまけに好きなことを仕事に出来るんだから、超の付く幸せ者よ」

仁は不意打ちを食らったように戸惑いを露わにした。もしかしたら、今まで自分が運が良いなどと考えたことはなかったのかも知れない。仁は何かを振り払うように頭を振った。

「俺、才能ないんだ」

その表情は戸惑いから苦悶へと変っていた。

「何言い出すの？　料理の学校出て、イタリアンのお店で何年も働いてるんでしょ。賄いの評判良かったんでしょ。才能ないわけないじゃない」

「俺の親父は天才で、俺の周りにいる先輩はみんなすごい才能の持ち主ばっかなんだ。それなのに、店の跡継ぎは俺になる。親父の息子だから。先輩達が俺を見てどんな気がするか、痛いほど分るんだ。才能もないクセに、親の七光りで大事な店を譲ってもらえるなんて、不公平も良いところだ。こんなクソの役にも立たないバカ息子、豆腐の角に頭ぶつけて死んじまえば良いのに……って」

「それは言いすぎじゃない？」

「多少は盛ったけど、でも、それに近いことはみんな思ってるよ。俺だって先輩達の立場だったらそう思うし」

秋穂はかけるべき言葉が見つからなかった。プロの料理人ではない上に、どうやら仁の働いているレストランは超一流で、おまけに父親がオーナーシェフだという。

「先輩達に意地悪されてるの？」

「全然」

仁はきっぱりと首を振った。

「みんなプロだから……正直言って、俺なんか眼中にないさ。でも、苦々しく思ってるのはビンビン伝わってくる」

「あのう、でも、麻婆豆腐で有名な陳建民さんの店……四川飯店だっけ？　あそこは息子の陳建一さんが二代目よね」

「陳建一さんは中華の鉄人だよ。すごい料理人だもん。誰も文句言わないよ」

一瞬、料理人と〝鉄人〟の組み合わせに違和感を覚えたが、それには触れずに秋穂は考えを巡らせた。

「ああ、そう言えば長く続いている料亭なんかは、オーナーシェフは少ないわね。経営は親から子へ受け継いで、板前さんは次々替るのよね」

「俺はレストランを経営したいんじゃない。お客さんのために料理を作りたいんだ」

「無責任を承知で言うけど、お父さんの店は先輩の誰かに譲って、あなたは独立して別の店を持ったらダメなの？」

仁の眉間に悩ましげなシワが寄った。

「俺もそう思う。俺が継いだら、親父の築いた名声に泥を塗るかも知れない。親父も頭では分ってる。ただ、親父は俺を溺愛してるんだよ」

「それは……幸せなことじゃないの？」

「親父が『リストランテ・リッコ』のオーナーシェフじゃなければね」

リッコとはイタリア語で豊かさの意味だという。

「すごい人気のある店なのね」

「超人気店だよ。予約が取れないので有名。ミシュランガイド東京版が発売されて以来、十三年間にわたって二つ星を獲得してる。イタリアンで二つ星取ってる店は東京で三軒しかないんだ」

秋穂はまたしても頭の中で「ミシュランガイドに東京版って、あったかしら？」と考えたが、口に出さなかった。

「親父はラブラブだった最初の奥さんと結婚して三年で死に別れて、すごいショックでトラウマになって、五十近くになるまで独身を通してた。そしたら三十歳年下のお袋と出会ってラブラブで結婚して、俺が生まれたわけ。だから息子と言うより孫だよね。そのお袋も結婚して十七年で亡くなって、残された家族は俺だけになった。愛情を注げる対象が俺しかいなくなったんだ。だから自分のすべてを、リストランテ・リッコを俺に譲りたい。俺に店を継ぐ力量が無いのは、理性では分ってるけど、感情が抑えられないんだよ」

仁はそこまで一気に話すと、長い溜息を吐いた。

「親父は今年八十になった。もし俺が店を出て行ったら、ショックで倒れるかも知れない。そう思うと、俺も独立なんて言い出せなくて……」

仁は猪口に残っていた酒を飲み干した。

「それは、大変ねえ」

秋穂は仁と父親の気持ちを慮って、釣られて溜息を吐いた。

「普通、お父さんみたいなすごい料理人は、自分にも他人にも厳しくて『獅子は我が子を千尋の谷に蹴落とす』式のスパルタに走ると思ってたけど、例外もあるのね」

「そうそう。千尋の谷の逆バージョン」

仁は情けなさそうに顔をしかめた。

「悪いことに、親父、弟子達にはスパルタだったんだよ。ゲソパン(蹴り)入れたり鍋投げつけたりはしょっちゅうだったって。それが、息子だけには甘いんだから、みんな、頭にくるよね」

「そうねえ。私だったら頭にきて辞めちゃうかも」

「うん。実際、今までに三人辞めたよ。残ってる先輩は、うちで働いてた経歴が売りになるから、潮時が来るまで待ってるんだと思う。親父が引退した途端に、みんな辞める気かも知れない」

秋穂は仁が気の毒になった。恵まれた環境に生まれたのに、それが却って重荷になって本人を圧迫している。料理人としての喜びを奪おうとしている。

「お客さん、急に話は変るけど、どうして新小岩にいらしたの? お店もお住まいも都心でしょ?」

秋穂のイメージでは、人気のイタリアンレストランは銀座か六本木か麻布にある。その店のオーナーの息子が葛飾区に土地勘があるとは思えなかった。

「三年前に引退したサービス係の人を訪ねてきたんだ。鈴木さんって、親父が店を始めたときからずっと支えてくれた人で、俺も可愛がってもらった。Jリーグの試合に連れてってもらって……」

秋穂はまたしても「Jリーグって何？」と訊こうとして思い止まった。

「最近色々ありすぎて気が滅入っちゃってさ。そしたら、鈴木さんに会いたくなって。鈴木さんなら俺の悩みを聞いて、何か良いアドバイスをくれるかも知れない。それでスマホに電話したら、この番号は現在使われていませんって案内が流れて、マンションに電話しても同じで、びっくりして訪ねたら住んでる人も替ってて、管理人さんに訊いたら、一昨年老人介護施設に入居したって……」

その施設は新小岩駅から徒歩十五分の所にあった。

「そこを訪ねて面会したんだ。そしたら鈴木さん、別人みたいになってて、俺のことも全然覚えてなくて、なんかもう、ショックでさ」

仁は哀しげに目を伏せた。

「しばらく施設にいて、それからずっと歩き回ってた。何だか家に帰る気がしなくて。それで、いつの間にかこの店の前に立ってた。不思議だよね。俺、新小岩に来たの生まれて初めてなのに、この店に入って、店には女将さんがいて。鈴木さんに聞いてもらいたかった話、全部しちゃったよ」

最後は少し照れくさそうに微笑んだ。

「そう。そんなら良かった。少しはお客さんの役に立てたみたいで」

秋穂は考える力を総動員して、仁を力づける言葉を探した。

「あのねえ、親の一番の望みは、子供が幸せになってくれることだと思うの。お父さんはあなたの一番の幸せは店を継ぐことだと思ってる。でも、あなたの幸せは別にある。それが分れば、お父さんもあなたが店を継がないことを納得してくれるんじゃないかしら」

秋穂は子供がいないが、愛する人の幸せを望む心は、親でも子でも夫婦でも、あまり違わないのではないだろうか。

「お父さんと、じっくり話し合った方が良いわよ。あなたの気持ちが分れば、納得してくれると思うわ」

仁は「そんなこと無理だよ」と言いたげに目を逸らした。

「どんなことがあっても、料理を嫌いにならないでね」

「え？」

「あなたは料理人に向いてる。才能がある。お父さんとか店とか先輩とか、料理以外の理由で料理を嫌いにならないでね。絶対にもったいないから。あなたの料理で幸せになるはずの人、みんなガッカリするから」

「ありがとう、女将さん」

仁は素直に頷いた。

「明日、鰺のタルタル食べに来るよ」

「待ってますよ」

仁は「お勘定して下さい」と言い、秋穂はカウンターに勘定書きを載せた。

「ご馳走さまでした」

店を出て行く仁の背中に、秋穂は丁寧にお辞儀をした。


仁の父は勅使河原寛というイタリアンの名シェフで、三十二歳で独立してオープンした「リストランテ・リッコ」はミシュランガイド東京版発売以来、十三年連続で二つ星を維持している。過去には「料理の鉄人」に出場して道場六三郎と好勝負を繰り広げたこともある。

寛の下で修業して独立した料理人の中には、ミシュランの星を獲得した者が三人もいる。かつて料理人の世界は徒弟制度だったから、弟子達もパワハラの洗礼を受けた。しかし、自分の店を持つようになった彼らと寛の関係は悪くない。

寛は今年、八十歳になった。さすがに体力の衰えは否めない。数年前からスーシェフ(副料理長)に店を任せる日が多くなった。近頃は真剣に引退を考えている。だが、自分が引退したら心血を注いで築き上げた店〝リストランテ・リッコ〟がどうなるのかと思うと、暗澹（あんたん）たる気持ちになってしまう。

出来ることなら一人息子の仁に譲りたい。今はまだ力量不足だが、将来はもっと腕を上げるはずだ。それまでスーシェフの岡崎（おかざき）が支えてくれたら、評判を落とすことなく代替わりが達成できるのだが、あの野心家でプライドの高い岡崎が未熟な仁の下で働いてくれるとは思えない。きっと店を辞めて独立するだろう。そうなったらリストランテ・リッコは……。

それでもたった一人の息子を差し置いて、赤の他人に店を譲りたくはない。ミシュラン二つ星店という強力な後ろ盾（だて）を失ったら、仁はきっと注目されることもなく、平凡な料理人として一生を終わってしまうに違いない。

それは出来ない。可愛い息子にそんな思いはさせられない。苦労して築き上げた地位を息子に受け継がせたいと思うのは、親として当たり前だ。何としても……。

「ただいま」

仁の声でハッと我に返った。考え事をしている間に居眠りしていたようだ。寛はずり落ちそうになっていた尻（しり）を引き上げ、ソファに座り直した。

ソファの横を通って、仁がキッチンへ歩いて行く。

「水を一杯くれ」

「はい」

仁は冷蔵庫を開けてミネラルウォーターのボトルを出すと、グラス二つに注いでリビングへ持っていった。父はいつの頃からか、日没後はコーヒー・紅茶・日本茶など、カフェインのある飲料は摂らなくなった。夜、眠れないという。

向かいのソファに腰を下ろすと、仁は報告した。

「今日、鈴木さんに会ってきた」

「元気だったか？」

仁は暗い顔で首を振った。

「施設に入ってた。認知症だって。俺のことも分らなくなってた」

寛は愕然（がくぜん）として頰を強張（こわば）らせた。何か言おうと口を開きかけたが、言葉が出てこないようだった。

盟友だったのだから無理もないと、仁は父の様子に痛ましさを感じていた。

「それで、リッコのことだけど、俺は継がないから」

「突然、何を言い出すんだ？」

「突然じゃないよ。前からずっと考えてたんだ。パパだって、俺がリッコのシェフになるのは無理だって、本当は分ってたんでしょ？」

「そんなことはない」

寛は即座に否定したが、その声音は弱々しかった。

「俺がシェフになったら、ミシュランの星なんか全部なくなるよ」

「お前が継がないで、誰がリッコを継ぐんだ？」

「岡崎さんで良いじゃない。今だって立派にパパの代理を務めてる。岡崎さんならこの先、二つ星を守ってくれるよ」

寛は息子を説得する言葉を探したが、それは見つからず、虚しく唇を震わせた。

「パパ、リッコの跡継ぎじゃなくなっても、俺はパパの息子だよ。パパが大好きだし、今まで大事に育ててもらって、感謝してるよ。本当にありがたいと思ってる。だけど、リッコを継ぐことは俺の望んでることじゃないんだ。リッコを継ぐのは俺には重荷で、苦しいだけなんだ」

日本の多くの父と息子と同じく、寛と仁もこれまで腹を割って互いの胸の裡を話し合ったことはなかった。思っても口に出さずにいた。だから息子の素直な言葉は、父の心を直撃した。寛は肩を落として項垂れた。

仁は目の前の父が一回り小さくなってしまったように見えて、胸が痛んだ。

「ごめんね、パパ。でも、本当のことなんだ」

寛はやっと顔を上げて、力のない声で尋ねた。

「それで、お前の望みは何だ？」

「俺、店を辞めて、出張料理をやろうと思う」

「出張料理？」

「うん。『伝説の家政婦』って、テレビで観たことない？　タサン志麻って料理人が予約を受けた家庭を訪問して、三時間で作り置きできる料理を十種類以上作るの。俺、あれをやりたい」

寛は半ば驚き、半ば呆れてまじまじと息子の顔を見た。

「今日、突然思い出したんだ。俺、似たようなことやったことがある」

「お前は出張料理なんか経験無いはずだ」

「うん。でも、鈴木さんが退職してすぐ、マンションに遊びに行ったとき『賄いがなくなったからご飯が面倒で』って言うんで、冷蔵庫の中の物で何種類か料理作ってあげたんだよ。鈴木さん、すごく喜んで『よくまあ、これだけの料理を考えられるね。さすがシェフの息子さんだ』って褒めてくれた」

その時の嬉しさと誇らしさの記憶が、今夜、突然に甦った。あの居酒屋で女将さんと話をしたせいだろうか。

「俺のやりたい料理って、そういう方向なんだ。普通の家庭で、普通に美味しいもの作って、普通に喜んでもらう……」

寛が哀しげに目を瞬いたので、仁はあわてて付け加えた。

「リッコで出す料理が嫌いって意味じゃないよ。パパの作る料理はすごいよ。芸術品だと思う。だけど、芸術品じゃなくて、日用雑貨みたいな料理があっても良いと思うんだ。それでどっちを作るか、自分で選びたい」

「……日用雑貨。それがお前の選択か」

「うん」

仁の声は熱を帯びた。

「俺、料理が好きだ。これから先も料理を仕事にして生きて行きたい。ずっと料理が好きでいたい。でも、このまま芸術品を目指して作り続けたら、料理が嫌いになるような気がする。俺はそれが怖いんだ」

父の顔を見返す視線にも力がこもった。

「俺は自分の選んだ道で料理と向き合うよ。もしかしたら、いつかもう一度芸術に挑戦したいと思う日が来るかも知れない。そうしたら迷わずリストランテ・リッコの扉を叩くよ。リッコで修業させてもらう」

寛は息子の顔を見つめ、その言葉を頭の中で反芻(はんすう)した。急に思い付いたわけではなく、時間をかけて熟成され、形を成した考えのように思えた。その顔を見れば決意が固いのが分る。これほど決然とした顔の息子は見たことがなかった。

「……分った」

絞り出すような声で答えた。

「明日、店で岡崎に話そう」

「ありがとう、パパ」

仁は目頭が熱くなった。

「これまでパパが教えてくれたこと、リッコで勉強したこと、全部俺の財産だよ。絶対に無駄にしない。きちんと活かして使わせてもらうよ」

寛は黙って深く頷いた。寂しくはあったが、胸にストンと落ちるような納得があった。息子の目が潤(うる)んでいるのを見て胸を打たれた。

これで良かったのだと、自分の心に言い聞かせた。すると、安堵(あんど)の気持ちが湧(わ)いてきた。両肩が軽くなった。何故(なぜ)だろうと考えて、今、息子が独り立ちしたことに気がついた。

「……なあんだ」

寛は思わず苦笑した。仁が怪訝そうにこちらを見た。

「どうしたの？」

「別に、何でもない」

寛は柔らかな微笑を浮かべた。今度は息子に向かって。


昨夜の居酒屋はなかなか見つからなかった。初めての街で、夜だったし、道順もうろ覚えだったから、探し出せるかどうか心許ない。しかし、アーケードの商店街の途中で右に曲がって、もう一度左へ曲がった路地沿いにあったのは確かで、迷うほど複雑な地形ではないはずだった。

駅を降りてからもう三十分も歩き回っている。

「何故見つからないんだろう？」

仁は独りごちて周囲を見回した。焼き鳥屋とレトロなスナックの看板には見覚えがあった。その二軒に挟まれて「米屋」があったはずなのに、今目の前にあるのは、すでにシャッターを下ろした「さくら整骨院」だった。

「変だなあ」

　仁は思い切って、焼き鳥屋の戸を開けた。

「いらっしゃい！」

　店はカウンター七席とテーブル席二つ、初老の夫婦がカウンターの中にいて、客は四人、みんなカウンターに腰掛けていた。女性客も一人いる。その四人が一斉に仁を振り返ったので、ちょっぴりたじろいだ。きっと、ご常連さん以外は滅多に訪れない店なのだろう。

「お一人さんですか？　カウンターにどうぞ」

　女将さんが空いている席を指し示した。主人の方は黙々と焼き鳥を焼いている。夫婦とも七十くらいだろうか。四人の先客も七十から八十という見当だった。

「あのう、すみません、ちょっとお尋ねします。米屋という居酒屋をご存じありませんか？」

　その瞬間、主人夫婦と四人の客が、ハッと息を呑むのが分った。

「……昨日来たときは、お隣にあったような気がしたんですけど」

　六人の視線が突き刺さり、仁は後ずさりしそうになった。

「昨日って、どういうこと？」

　女将さんが厳しい顔つきで訊いた。まるで不審尋問のように。

「昨日、米屋に行ったんです。その時、女将さんに今日も来るからって約束したんで、今、店を探してるとこなんですけど」

　主人夫婦も、客達も、まるであり得ないことを聞かされたように目を見張り、顔を見合わせた。女将さんの目は明らかに怯(おび)えていた。

「それは、本当のことですか？」

　今度は主人が尋ねた。

「なんでウソ吐(つ)く必要があるんですか？」

　仁はわけが分らず、いささかムッとした。

「行きましたよ。カウンターだけの店で、壁にいっぱい魚拓が貼ってあって、ガス台に煮込みの鍋がかかってて。女将さんは五十くらいの、愛想の良い親切な人でした。小柄で丸顔で髪がショートで、白い割烹着を着て……」

　その途端、八十近いと思われる女性客が、両手で顔を覆った。左隣にいた顎髭(あごひげ)を生(は)やした客が、あわてて肩に手をやった。慰(なぐさ)めるように軽く叩いている。

「ど、どうしたんですか？」

　ますますわけが分らず、混乱して声が上ずった。

「米屋は三十年前になくなったんだよ」

一番年配の客が言った。頭がきれいにはげ上がっている。その頭が青ざめて見えた。

「嘘でしょ。昨日はあったんだから」

「嘘じゃないよ。隣のさくら整骨院、あそこが元の米屋だ」

「ウソッ！」

仁はおぼろげに自分の遭遇した事象の全容を悟り、背筋が寒くなった。

「そ、それじゃ、あの女将さんはゆうれいなんですか？」

「兄さん、まずは座って気を落ち着けて」

一番若い……それでも七十は過ぎている客が、ジャケットの裾を引っ張って、椅子を指さした。いつの間にか膝が震えていた。仁はくずおれる前に、椅子に腰を下ろした。

「お水、どうぞ」

女将さんが水の入ったグラスを差し出した。仁は礼を言って受け取り、一気に飲み干した。少し落ち着きが戻ってきた。

「あの、どういうことか、教えてもらえませんか？」

最初のショックから立ち直った女性客が口を開いた。

「米屋さんはね、元は中学校の教師だったご夫婦が始めた店なの。ここより古いから、五十年くらい前かしらね」

「旦那は米田正美、奥さんは秋穂。米田さんは立派な先生だったよ。それが学校でいじめ事件が起きて生徒が自殺してね。その責任を取って退職したんだ」

顎髭を生やした客が口を添えた。顎も頭も雪のように白い。

「釣りが趣味でね。それを活かして自宅を改造して店を始めた。だから最初は海鮮居酒屋だったんだよ」

仁は秋穂から聞いた話を思い出して頷いた。

「ところがそれから十年くらいして、米田さんは突然亡くなってしまった。心筋梗塞だったかな。それからは秋ちゃんが一人で店を切り盛りして、まあ、それなりに繁盛してたよ」

今度は店の主人が説明した。

「そうしたらどういう因縁か、やっぱり十年くらいして、奥さんも急に亡くなっちまった。心臓の発作だったらしい。医者の見立てじゃ、所謂突然死で、本人も知らない間に三途の川を渡ったんじゃないかってことだ」

「苦しまなくて何よりだったが、若すぎたよ。米田さんも、秋ちゃんも」

「旦那さんがあの世で寂しがって、迎えに来たんじゃないかって言う奴もいたな。米田さんはそんなケチな了見じゃねえってのに」

「子供もいなかったんで、店は売りに出て、人手に渡った。似たような居酒屋が二、三軒続いて、今のさくら整骨院で五代目くらいかな」

「米屋がなくなって、正確には何年になるかなあ。平成に入って二年目か三年目だったはずなんだが、思い出せない」

客達はそれぞれ思い出すまま口を開いた。

「米田さん夫婦は良い人だったよ、夫婦揃って折り紙付きの」

女性客が仁の方に身を乗り出した。

「お兄さんの言うとおり、秋穂さんは愛想が良くて親切で、明るくてサッパリしてて、本当に好い人でしたよ」

仁は引き込まれるように頷いた。

「秋穂さんのこと、覚えていて下さいね」

「はい」

女性客は目を潤ませた。見れば主人夫婦も先客達もみな、目を潤ませている。

「この年になるとね、あの世とこの世は地続きで、隣町みたいな感じになるの。だから、死んでも全部終わるわけじゃないって思うのよ。自分のことを覚えていてくれる人がいなくなったとき、人は初めて、本当にあの世に行くんだなって」

仁は力を込めて頷いた。

昨日米屋で会った秋穂はゆうれいだったのかも知れない。だが、仁の気持ちを解きほぐし、勇気を与えてくれた。それなら、人間だろうがゆうれいだろうが、どうでも良い。秋穂は仁の友なのだ。

女将さん、どうもありがとう。俺、お陰で新しい道に進めるよ。

仁は心の中でそっと呟き、頭を垂れて手を合せた。

第二話

貝と女優は冷凍で

目を開けると、秋穂はちゃぶ台に突っ伏していた。どうやらうたた寝をしていたらしい。

柱時計は午後四時を回っている。そろそろ仕込みを始めなくてはならない時間だ。

「ふぁ〜あ」

秋穂は両手を上げて大きく伸びをすると、立ち上がった。

JR新小岩駅南口に広がるルミエール商店街は、かつて日本一の長さを誇ったアーケード商店街だった。日本一の座は大阪の天神橋筋商店街に譲ったものの、今もシャッターを下ろしたままの店舗を出さずに営業を続けているのは立派なものだ。

アーケード通りから蜘蛛の巣のように伸びる路地裏にも、小さな商店が軒を連ねている。居酒屋、大衆食堂、ラーメン屋、スナックなど飲食店が多いが、まだ新しい整骨院、「パーマ屋」と呼ぶのが相応しいような古びた美容院、そして古本屋もある。ただし、美容院も古本屋もあまりお客はいないようだが。

それより不思議なのは「悉皆・染め物」の看板を出している店だ。悉皆屋とは染み抜き・染替え・洗い張りなどを扱う店だが、着物を着る人が激減した昨今、新小岩の裏通りで店を構えて商売が成り立つのだろうか。それを裏付けるように店の外観は見事に古び、寂れている。曇りガラスの引き戸は何年も開くのを見たことがない。

もしかしたらとっくの昔に廃業していて、看板を下ろすのが面倒なので放ってあるのかも知れない。

そんな路地裏の一角に、居酒屋の「米屋」があった。

秋穂は六時に店を開け、暖簾を外に出した。

米屋のようなご常連相手の小さな居酒屋は、店を開けると五月雨のようにお客さんが来て、帰って行く。ここで一杯引っかけてからよその店へ河岸を変える人と、他の店で下地を作ってから訪れる人が入れ替わり、満席になることもないが、閉店まで空っぽということもない。それこそ五月雨のように、しょぼしょぼとお客の流れが続いてゆく。

ところがその日、開店十分後に女性客二人連れが入ってきた。二人とも初めての「一見さん」で、秋穂は珍しいこともあるものだと思った。

「こんばんは」

「いらっしゃいませ。どうぞ、お好きなお席に」

女性達はしょぼくれた居酒屋には似つかわしくないタイプだった。

一人は三十ちょっと過ぎくらいの小柄な女性で、化粧は控えめだが華やかな雰囲気をまとっていた。美人というより可愛(かわい)いに属する。意地悪な見方をすれば十六、七歳が可愛さの盛りだったのが、今はそのお釣りで保っている感じだろうか。

もう一人は四十くらいで、背がすらりと高く、顔立ちも整っていた。しかしその割には地味で目立たない。服装や化粧が地味なせいもあるが、それ以上に本人に目立ちたくないという意思があるように感じられた。

「お飲み物は如何(いかが)しましょう?」

秋穂はおしぼりを渡しながら尋ねた。そして再び、どうしてこの二人が米屋のような店に来たのか、不思議に思った。新小岩といえど、もうちょっとおしゃれな店はいくらでもあるし、海鮮を売りにして賑(にぎ)わっている居酒屋もある。

しかし、二人は場違いな店に来たことを気にしていない様子だ。他のことに気を取られているのかも知れない。

「ええと、ビール下さい」

若い方が言うと、年上も「私も」と同調した。

秋穂はサッポロの瓶ビールの栓を抜き、グラス二つを並べてカウンターに置いた。年上の女性が若い方のグラスにビールを注ぐと、手酌で自分にも注ぎ、声を出さずに小さく乾杯した。その暗い雰囲気は乾杯というより献杯だった。

秋穂はお通しにセロリと白滝の柚子胡椒炒めを出したが、二人とも箸を取る様子もなく、不味そうにビールを一口呑んだ後は、声を潜めて話を始めた。

秋穂は黙って一見の女性客二人を眺めた。リピーターになってくれる可能性はないから、無理に機嫌を取る気はないが、いつもならお愛想の一つくらいは言っただろう。しかし、二人は何やら深刻な様子で会話に集中していて、口を挟むのが憚られた。

若い方は「結ちゃん」、年上は「珠美さん」と呼ばれていた。

「この頃、四番手、五番手の役が多いのよ」

朝比奈結は溜息交じりに暗い声を漏らすと、グラスに手を伸ばした。小さめのグラスは一息で空になった。

「それは考え方の問題だけど、私は悪いことじゃないと思うわ」

桐生珠美は結のグラスにビールを注ぎ足した。

「脇に回れない俳優は、消えるしかないでしょ。長く活躍してる人は、みんな脇で光ってる人じゃない」

珠美は宥めるように言ったが、結は忌々しげに首を振った。

「売れてる脇役って、だいたい最初から脇なのよね。脇で注目されて、十番手くらいから五番手、三番手って感じで追い上げて。でも、私は主役でデビューしたのよ」

「そうよね。結ちゃんは倉山スクールの中でも抜群に光ってたわ。デビュー作の『ハンマー・エンジェル』と、放送中に公開された『きのうの友は』。全然タイプの違うヒロインだったけど、どっちもすごくチャーミングで……」

話の内容から察するに、その二つのタイトルは結が主演したドラマと映画なのだろう。

秋穂はどちらも聞いたことがなかったが。

珠美はその作品の中でいかに結が輝いていたか語り続けた。結はうっとりと目を細め、耳に快いその言葉を聞いていた。

「『きのうの友は』の見田芳子も良かったわね。私、あの人カマトトっぽくて嫌いだったんだけど、あの映画では二枚舌で裏表のある感じがすごくリアルで、見直しちゃった。結ちゃんの演技に刺激されたのよ、きっと」

そのセリフは明らかにお世辞と、秋穂にも分った。見田芳子は秋穂も知っている大女優で、芸歴も長く、NHKの大河ドラマで主役を務めたこともある。今更新人に対抗意識を燃やすとは思えない。

それにしても不思議だった。見田芳子が出演したからにはそれなりに大作、あるいは話題作と思われるのに、秋穂は「きのうの友は」という映画のタイトルにまったく聞き覚えがなかった。

珠美が結のグラスにビールのお代りを注いでいると、バッグの中で音楽が鳴った。

「ちょっと、ごめんなさい」

珠美はバッグからスマートフォンを取り出し、画面を確認してタップして応答した。

「板垣さん、今、どちらですか？　……え？　……私と結ちゃん、もう十五分以上前にお店に着いて待ってますよ。……え、うそ！」

珠美はスマートフォンを耳に当てたまま、あわてた様子で店の外に出ていった。そして、二、三分してから戻ってきて、面目なさそうに頭を下げた。

秋穂は珠美のスマートフォンに目を吸い寄せられた。心の中では「あの細長くて薄べったい器械は、新種のレシーバーなのかしら？」と訝った。

「結ちゃん、ごめんなさい。お店、間違えちゃった。彼女達、別の米屋にいるって」

「良いわよ、別に。そっちに行けば良いんでしょ」

珠美は胸の前でせわしなく手を振った。

「とんでもない。こっちのミスで結ちゃんを移動させるなんて。私、これから彼女たち迎えに行ってきます」

珠美はバッグをつかむと、返事も待たずに店を飛び出した。

結はその後ろ姿がガラス戸の外に消えると、ゆっくりと正面に向き直り、苦笑を漏らした。

「ホント、おっちょこちょいなんだから」

それから初めてまともに秋穂の顔を見た。

「ちょっと小腹が空いちゃった。何か、軽くつまめるものないですか?」

「煮込みなんて如何でしょう? よく下煮してありますから、臭味とか全然ありませんよ」

秋穂は出来る限り愛想の良い声で言ったが、結はあっさり首を振った。

「私、内臓関係は全然苦手なの」

秋穂は「内臓関係」と「全然苦手」に違和感を覚えたが、顔には出さずに次の候補を考えた。

「え〜と、アサリの酒蒸しは、どうでしょう?」

「そうね。それ下さい」

「少々お待ち下さい」

秋穂は冷凍庫からフリーザーバッグを取りだし、中身をフライパンにあけ、強火にかけて蓋(ふた)をした。

良いアサリを特売で売っているとき、多めに買って仕込んでおいたものだ。砂出ししたアサリと日本酒、下ろしニンニク、水を一緒にフリーザーバッグに入れて冷凍する。解凍せずに一気に強火で加熱して、仕上げに塩で味を調えれば出来上がりだ。

酒を含んだアサリはプリプリした食感で、嚙(か)むとジュワッとエキスがしみ出す。

おまけに、冷凍すると貝の旨味成分は四倍に増える。ある料理研究家の本でその一文を目にしたときは、目の前の霧が晴れてパーッと視界が広がったような気がしたものだ。それ以来、貝は基本的に冷凍保存している。

出来上がった酒蒸しを器に盛り付け、刻んだ小ネギを散らして結の前に置いた。

結はさして期待していない顔で箸を伸ばしたが、一粒アサリを口に含むと、意外そうに目を見開いた。

「……美味(おい)しい」

「ありがとうございます」

どんなもんだい、と心の中でほくそ笑みながら、秋穂はニッコリ笑顔を見せた。

結は続けて貝を殻(から)から剝(は)がして口に運び、汁も啜(すす)った。

「これ、どこのアサリ？」

「どこなんでしょうね。スーパーの特売で売ってたんで、良く覚えてなくて」

「ウソ、これが特売⁉」

結は空になった器を見直した。

「ママさん、料理上手いのね」

店に入ってきたときは固い殻に覆われていた感じだったが、今は別人のように素直で、警戒心を解いている。その様子を見ると、秋穂の心もほどけてきた。

「貝が美味しいのは腕じゃなくて、ちょっとしたコツがあるんですよ」

「コツ？」

「冷凍するんです」

結は言っている意味が分らず、訝しげに目を瞬いた。

「料理の本に書いてあったんですよ。貝類は冷凍すると、旨味成分が四倍に増えるんですって」

「信じらんない！」

結は目を丸くした。わざとらしさの感じられない、自然な表情だった。

「私も最初は半信半疑だったんですよ。でも、やってみたら本当に美味しくて……。もうそれからは、アサリもシジミも冷凍オンリー」

秋穂はチラリと冷凍庫に目を遣（や）った。

「本当にありがたいですよ。うちみたいな一人でやってる居酒屋は、作り置き料理があるととても助かるんです」

結は感心したように頭を振った。

「何だか良いこと聞いちゃった。私、魚介類は新鮮なのが一番で、冷凍や冷蔵は一段落ちると思ってたから。まさか、冷凍で美味しさがグレードアップするなんて」

「魚も、全部獲（と）れたてが良いとは限らないそうですよ。青魚は獲れたてが一番だけど、鯛（たい）や平目（ひらめ）やブリなんかは、ちょっと時間を置いて熟成させてからの方が旨味が強くなるって。……死んだ主人の受け売りですけどね。釣りが趣味だったんで」

結は秋穂に釣られて店内を見回した。

「ああ、それで魚拓がいっぱいあるのね」

「お肉はみんな熟成ですってね。解体してすぐは死後硬直で肉がカチカチに固いんで、二、三週間おいて柔らかくするそうですよ」

「最近、熟成肉って流行（はや）ってるのよ」

熟成肉？　肉は基本的に熟成しているはずだが……。

「要するに、霜降り一辺倒じゃなくて、赤身のお肉を美味しく食べましょうってコンセプトだと思うわ。赤身の方がカロリーが少ないから、若い女性には人気なのよ。ジンギスカンが人気なのも同じ。ダイエッターの味方だから」

「どうしてそんなに痩せたがるのかしら。私から見ると、若い女の子はみんな痩せてますけどねえ」

目の前の結も痩せていた。服から覗く首や手首は折れそうに細い。洋服のサイズは7号か5号だろう。

「何かの雑誌に書いてあったわ。日本の若い女の子は、世界で一番痩せてるんですって」

「そうかも知れませんねえ。テレビで海外のニュース観ると、街を歩いてる人たち、日本よりデブが多いですもん」

結はクスリと笑みを漏らした。

「食べる量が違うのよ。ロケでアメリカやヨーロッパに行くと、レストランで出てくる料理がメガ盛りで……」

秋穂はまたしても「メガ盛りって何？」と自問したが、適当に笑ってごまかした。

「せっかくだから、もう一品貝の料理が食べてみたいわ」

「それじゃ、今度はシジミを召し上がりませんか？」

「うん、いただく」

「醤油漬とスープと、どちらにしましょう？」

「醤油漬は、台湾料理に出てくるあれ？」

「はい。一晩寝かせてあるので、味が染みて食べ頃ですよ。スープは鶏ガラベースで、豆苗が入ってます」

「……どっちも美味しそうね」

「低カロリーですから、両方食べても肥りませんよ」

結は屈託のない顔で微笑んだ。

「ママさん、商売上手いわね。それじゃ、両方下さい」

「はい。お待ち下さい」

「それと、ビールお代り」

結が打ち解けてくれたのが嬉しくて、秋穂はつい口を出した。

「お嬢さん、もしカロリーを気になさってるなら、ホッピーかチューハイかハイボールの方がお勧めですよ」

「そうねえ……。それじゃ、ハイボール下さい」

秋穂はグラスに氷を入れ、ウイスキーと炭酸水を注いでマドラーでかき混ぜた。

「はい、ハイボールです」

次に作り置きのシジミの醬油漬を先に出した。シジミをニンニク醬油に漬けた、台湾の定番料理だ。

醬油と紹興酒、刻み生姜、ニンニク、鷹の爪、そして梅干しと砂糖少々を鍋に入れ、ほんの少し水で割って火にかける。アルコールが飛んだらゆっくり冷まして冷凍したシジミにかけると、夏場は四、五時間で殻が開いてくる。冬は一日かかることもあるが、ゆっくり待てば大丈夫。一晩漬け込んでからが食べ頃で、冷蔵庫で四、五日は保存できる。

シジミは冷凍すると旨味が増すだけでなく、肝機能の働きを活性化するオルニチンの量も増える。まさに一石二鳥の調理法だ。

「……美味しい。このソース、前に台湾料理屋さんで食べたのと少し違うみたい」

結はシジミをゆっくりと味わい、ハイボールのグラスに手を伸ばした。

「知合いの台湾料理屋さんで教わったんです。梅干しとお砂糖を入れるのがミソですって」

「料理って、深いのね。ちょっとした工夫で味が変って」

「料理に限りませんよ。世の中のほとんどは、ちょっとした工夫で変るんじゃないですか。掃除も洗濯も裁縫も、昔からの工夫の積み重ねだし」

秋穂はそこで口を閉じ、心の中で呟いた。きっと人間関係も、演技もそう。

「……ホントよね」

心の声が届いたかのように、結は深く頷いた。

「こんばんは」

ガラス戸が開いて、きれいに頭のはげ上がった老人が入ってきた。

「いらっしゃい」

ご常連の悉皆屋「たかさご」の主人、沓掛音二郎だ。役者のような名前だが、新小岩で親の代から悉皆屋を続けている。

「ホッピーと煮込み」

音二郎は目の端でチラリと結を見て、一番隅の席に腰を下ろした。仕事柄、女性のお客さんと接する機会が多いので、初対面の先客に向かって「こんなシケた店に美女が来るとは珍しい」などとは口にしない。黙って距離を取って他意のないところを示す気配りの良さだ。

「おじさん、嬉しそうね。何か良いことあったの？」

秋穂はおしぼりとホッピーを出した。

「分るか？」

「そりゃあね。顔に書いてあるもの」

「実はさ、この前の柄入れのお客さんから、お礼状が届いた」

「まあ、そう。良かったわね。おじさんの誠意が伝わったんだわ」

音二郎は目尻を下げた。

「シジミの醤油漬が食べ頃だけど、いかが？」

「もらうよ」

秋穂は音二郎の前にもシジミの器を置き、スープを作り始めた。錦糸町のタイ料理屋で食べたスープを真似たもので、ニンニクを弱火で炒め、香りが出たら酒とシジミを入れて、殻が開いたら鶏ガラスープを加える。仕上げにナンプラーを垂らして豆苗を加え、火を止める。ナンプラーを入れるとタイ風、入れないと中華風になるのが面白い。

「でも、あの柄入れは本当にすごかったわね。染みだらけだった着物があんなにきれいに甦るなんて、びっくりだわ」

ニンニクを炒めながら秋穂が言うと、音二郎は嬉しそうに頷いた。

「お客さんのお母さんの形見の着物だって言うからさ、何とかしてもう一度日の目を見せてやりたくて、知恵を絞ったわけさ」

　和服人口の減少に比例して、かつては和服のメンテナンスに欠かせなかった悉皆屋という商売もどんどん廃業していった。音二郎は昔からの顧客のために、今も店を続けているが、それも年々少なくなるという。

　しかし、中には人づてに噂(うわさ)を聞きつけて、大事な着物を甦らせて欲しいと駆け込んでくる着物好きのお客さんもいる。

　先月、母の形見の着物を持って「たかさご」を訪れたのもそんな女性だった。彼女は母の七五三の着物を着て自身の七五三を祝った。今現在は母となり、今年長女が七五三を迎える。しかし、それを楽しみにしていた母は昨年急死してしまった。亡き母を偲(しの)んで、想い出深い七五三の着物を、自分の娘に着せて七五三を祝ってやりたい。しかし……。

「何しろ古い着物だし、箪笥(たんす)にしまいっぱなしだったせいで、あちこちシミが出ちまってな。シミ抜きして下さいって頼まれたんだが、お断りするしかなかったよ。生地を傷(いた)めるのは分りきってたし」

　その日の夜、米屋でホッピーを飲みながら、音二郎は語った。

「しかしなあ、その若いお母さんがとても哀(かな)しそうな顔をするんだ。俺も人の親だから、その気持ちは良く分った。それで、柄入れをしてみませんかって提案した」

「柄入れって何？」

「シミのある部分に新しく模様を描いて、シミを隠すんだよ。刺繡、染め、箔と、方法は色々あるんだが……」

「それで、どうなったの？」

「ただひと言、お任せしますって言ってくれた。俺もこの道五十五年の職人だ。そう言われたら何としてもきれいに仕上げてやらずんば、男が立たねえや」

「よっ！　たかさご屋！」

思わず合いの手を入れて拍手した。

「おじさん、柄入れが終わったら、その着物、見に行って良い？」

「ああ、良いよ。おいで」

そんなわけで、秋穂は完成品を見物に行った。

それは子供用の四つ身仕立ての、古典柄の可愛らしい着物だった。しかし、目を皿のようにして眺めたが、どこにシミがあったのか、秋穂はまったく分らなかった。

「ここだよ」

音二郎が指さしたのは、花籠や花車の間に点在する銀色の雲の模様だった。後から描き足したとは思えないほど、他の柄としっくり調和している。

「すごい！　最初からこういう柄だったとしか思えないわ」

音二郎は得意そうに顎を上げた。

「ちょいと汚れも目立ったんだが、丸洗いすると生地が傷むんで、部分洗いにしといた」

「ずいぶんと手間だったわねえ」

「仕方ねえや。母子の喜ぶ顔が見てえからな」

「ねえ、それで、料金はおいくら？」

「六千円」

「安い！」

秋穂はもう一度着物に目を落とした。雲の模様を数えれば、元の着物はシミだらけの状態だったに違いない。それをこんなきれいに甦らせて、たったの六千円とは……。

「おじさん、足出てない？」

「それはない。ま、儲けもほとんどないけどな」

「大丈夫なの？」

「まあな。言ってみればこれは、未来への投資だ」

「投資？」

音二郎は真面目(まじめ)くさった顔で頷いた。

「ああ。これからは着物を可愛がってくれる人を育てねえとな。このまま着物離れが進んだら、俺らの商売はもちろん、呉服屋も履物(はきもの)屋も小物屋も職人たちも、全部干上がっちまう」

「そうよねえ」

言われてみればその通りだった。秋穂が若い頃にはルミエール商店街にも呉服や下駄(げた)など、和装を扱う店が何軒かあったはずだが、今は呉服屋一軒しか残っていない。その店も十年後は存続しているかどうか心許(こころもと)ない。

秋穂自身も、着物を着る機会は滅多にない。結婚式に招かれたときくらいなものだ。秋穂より若い世代はそもそも着付けが出来ないから、その子供の世代になると七五三と成人式以外、一生着物を着ることなく終わるかも知れない。

「昔は着物は財産だったよ。時代劇じゃ、かみさんが着物を質(しち)に入れるシーンがあるだろう？」

「うん。今じゃ着物は質草に取ってくれるかどうか」

「昔は一枚の着物を大事に着たもんだよ。汚れたら洗い張りに染み抜き。若い頃の着物が派手になったら染替えてさ、娘盛りから婆さんになるまで長く付き合ったもんだ……」

「洗い張り……」

秋穂は子供の頃の光景を思い出した。母が着物を解いて布の状態に戻し、水洗いしてから板に張り付け、糊付けして乾かしていた。

「絹物は水をくぐる度に、元の張りと艶を取り戻すのよ」

母はそう言っていた。着物は何度でも甦る……と。

そう、あの頃は近所の家でも年に一度、あるいは三年に一度くらいは洗い張りをしていたっけ。普段家で着物を着ているお母さんも多かったしなあ。

「お店では伸子張りをやってたわよね」

悉皆屋や染物屋の庭先には、伸子張りの反物が何本も干してあった。伸子張りとは解いた布を一枚に縫い合わせ、水洗いした後両端をピンと張って干し、反物の幅を〝伸子〟という竹ひごのような棒で広げて固定して行く方法である。

「あの伸子って一反に何本くらい使うの？」

「だいたい三百本だな」

「ホント、手間暇かかるわよねえ」

「その代り、仕上がりが違う。お召や縮緬は濡れると縮むし、羽二重や紗は乾いたらアイロンでもシワが取れねえが、伸子張りなら元の風合いを損なわずにきれいに仕上がるんだ」

そんな遣り取りを思い出しているうちに、シジミと豆苗のスープが出来上がった。

「はい、お待ちどおさま」

秋穂は結の前にスープの器を置いた。

「エスニック風ね」

「隠し味にナンプラーが入ってます」

結はスープをレンゲですくい、火傷しないように吹いてからそっと啜った。

「うん、イケる」

「ナンプラーを入れないと中華風なんですけど」

「醬油漬が台湾だから、ナンプラーありで良いわ」

音二郎が煮込みの汁を啜った。

「相変わらず、良い味だねえ」

「おじさんと同じ、手間暇かけてるから。他はみんな手抜きだけど」

音二郎はホッピーを飲み干すと「中身」を注文した。

「油揚でも焼きましょうか？」

「ああ。頼む」

音二郎はグラスに追加の焼酎(しょうちゅう)とホッピーを注いだ。

「それでさ、秋ちゃん、柄入れのお客さんが新しいお客さんを紹介してくれたよ。娘さんの小学校の同級生のお母さんだと」

「まあ、良かったわね」

ガス台に焼き網を置き、油揚を載せて炙(あぶ)る。こんがり焦(こ)げ目のついたところに醤油を垂らすと、酒の肴(さかな)に絶好の一品となる。

「今度はどんな注文？」

「紋替え」

油揚を手早く皿に移し、醤油を垂らすとジュッと音がした。

「はい、お待たせ。で、どんな着物なの？」

「そのお客さん、今年息子さんが生まれてお宮参りなんだが、自分のお兄さんの七五三の着物を祝い着にしたいんだそうだ。それで、実家の紋を嫁ぎ先の紋に替えて欲しいと
……」

音二郎は割箸で油揚を千切り、口に入れて頬(ほお)を緩(ゆる)めた。手作りしている豆腐屋で買っ

てきた今日出来立ての油揚なので、スーパーの油揚とは風味が違う。大豆の甘さと油の旨味が感じられる逸品だ。

「やっぱり、おじさんの誠意が実を結んでるのね。若いお母さん達が古い着物を大事に使おうとしてるんだもの」

「まあな。みんながもう少し、着物と付き合ってくれるようになると嬉しいんだが
……」

結は不思議だった。聞こえるはずのない、秋穂と音二郎の過去の会話が聞こえてくる。それなのに少しも当惑していない。心に湧き上がるのは悲しみと惨めさだ。

「そうやって大事にしてもらえる着物達は幸せですね」

認めたくない本音が、思わず口をついて出た。

「私なんか、使い捨てのレンタル着物みたい」

秋穂と音二郎は驚いて結の顔を見た。

「ごめんなさい。初めて来た店で、お二人とも初対面なのに、愚痴こぼされても困りますよね」

結は泣きそうになって、あわてて洟をすすった。

「良いじゃないですか、思い切って本音ぶちまけたって。なに言ったたって、お互いこの

先一生会わなきゃ、なかったことと同じですよ」

「そうそう。一期一会。居酒屋の恥はかきすてだよ、娘さん」

音二郎も同情のこもった口調で言い添えた。

結は何故か、胸の裡を吐露したい衝動に駆られていた。これまで抱え込んできたものを全部吐き出して、身軽になりたい。

気の好さそうな女将と職人気質の老人は会ったばかりなのに、何故か懐かしい気持ちになる。この人達になら話しても大丈夫だと、心のどこかで誰かが囁く。

「私、女優なんです」

秋穂と音二郎は黙って頷いた。

「デビューしたのはもう二十年以上前です」

「あらあ、お若いのに芸歴が長いんですね」

「中学生の時、大手芸能プロダクションのオーディションに応募して合格したんです。あの頃はアイドルに憧れてたから」

プロダクションに所属してレッスンを受け、高校生で歌手デビューした。デビュー曲はヒットし、その後もセールスは順調で、朝比奈結はアイドルとしての地位を確立した。二十歳を過ぎるとドラマにも進出し、最初の三年は主役に抜擢されて活躍した。

しかし、そんな幸運はいつまでも続かなかった。

「段々、二番手、三番手に役が落ちて……。今じゃドラマのクレジットも、一人じゃなくて他の役者と二人並びで出されたり……落ち目だって、自分でも分ってるんです」

結は残ったハイボールを一気に飲み干し、グラスを差し出した。

「すみません、お代り」

秋穂はグラスを受け取り、少し薄めにハイボールを作った。

「私がバカだったんです。主役の座から降ろされて二番手になったとき、脇で生きられるように気持ちを切り替えるべきでした。私は主役を演じていた女優だから準主役でずっといけるって、何の根拠もなく思い込んでいたんです。次々若いスターがデビューするのに、鮮度の落ちた元スターなんか何の価値もないって、気がつかなかったんです」

結はハイボールのグラスを受け取り、深い溜息を吐いた。

「ドラマや映画には小劇団出身の役者が入ってくるようになりました。あの人達は演技力もあるし、個性も強い。だから、ドラマには欠かせない存在です。あの人達と役を争うなら、私もこれまでとは違う何かを身につけなくてはいけなかったのに、その努力をしませんでした。自分に足りないものが何か、考えようともしませんでした。見て見ぬふりを続けていたんです」

　音二郎は気の毒そうに目を伏せて頭を振った。

「何とも、人気商売ってのは辛いもんだな。人気ってのは気のもんだからよ、流れたり移ったりするのは止められねえ」

「うちのお客さんで映画好きの方がいるんですけど、前に言ってましたよ」

　秋穂は自分用に薄めのハイボールを作りながら言った。

「昔は見込みのある子をスカウトしたら、監督や助監督が徹底的に鍛えて一人前の俳優に育てたけど、今はただ素材を当てはめるだけだって。合わなくなったら別の素材と替えるだけだって」

　そう言ったのは古本屋の主人の谷岡資だ。若い頃脚本家を目指してシナリオ学校に通っていたとかで、一家言も二家言も持っている。うっかりドラマや映画の話をすると一席ぶたれて鬱陶しいが、たまには良いことも言う。

「主役はオーラがあれば下手でも良い。芝居は脇がやってくれる」とも言っていた。だから脇役は演技力がなくては務まらない。

「これからのことを考えると不安で、どんどん気持ちが暗くなってしまって」

　そりゃそうだろうと、秋穂は同情に堪えない。落ちぶれて行く自分と向き合うのはどんなに辛いことだろう。

「あのう、ぶしつけなことを伺いますけど、ご結婚の予定はないんですか？」

結は激しく首を振った。

「同棲までした人がいたけど、結局別れました。俳優同士って、ダメなんです。どっちかが引退しない限り、長続きしないみたい」

「ご一緒にいらした女性は、お友達？」

「ああ、珠美さんね。彼女、ヘアメイクさん。前はよく私の担当をしてくれて、プライベートでも付き合いがあるんです」

答えながら結は、そう言えば珠美はどうしたのだろうと訝った。知人を迎えに行ったまま戻ってこない。そんなに遠くへ行ったはずはないのだが。

「彼女、今日、占い師さんを紹介してくれることになってるんです」

「占い師？」

秋穂と音二郎は同時に声を上げた。

「その占い師さん、人の運勢が見えるらしいんです。珠美さんは、最近仕事に恵まれないのは、私の運勢が悪いスパイラルにはまってるからじゃないかって言うんです。それを良い方のスパイラルに転化できるかどうか、観てもらったらどうかって。私も、何となくスピリチュアルには興味があったので、一度占ってもらうのも良いかと思って」

秋穂は音二郎と顔を見合わせた。二人とも考えは同じだった。

危ない。

結が落ち目になっているのは、本人が言うとおり、アイドル時代の気分が抜けないからだろう。だから年齢に相応しい役柄と演技が身につかないのだ。

そこまでキチンと自己分析が出来ているのに、占いにすがって自分の不幸をわけの分らないスパイラルのせいにしたいのは、心が弱っているからだ。自分の弱点と向き合う気力が萎えているからだ。そこに付け込んで占い師を紹介するというのは、良心的とは思えない。もしかしたら、何か企みがあるのかも知れない。

「お客さん、先ほど仰ったご自身の経験は、芸の肥やしになりませんか？」

「え？」

「ご自分で仰いましたよね、落ち目のスターだって。栄光の座から転落して、チヤホヤしていた取り巻きが遠ざかり、親切だった人が冷たくなり、信じていた人に裏切られる……すごいドラマですよ。それをご自身で全部体験なさったわけでしょ？　そんな女優さん、滅多にいないと思いますよ」

秋穂はカウンターから身を乗り出した。

「貝は冷凍すると四倍美味しくなるってこと、思い出して下さい。言ってみればあなたの辛い経験は冷凍保存です。だから、四倍魅力のある女優さんになるはずです」

「秋ちゃんの言うとおりだ」

音二郎も力強く同調した。

「娘さん、あんたは若いのに貴重な体験をしてなさる。それを演技に活かさない手はない。呑む・打つ・買うで女房を泣かすより、よっぽど芸の肥やしになってるはずだ」

「私も運勢っていうのはあると思いますよ。商売だって山あり谷ありですから。でも、運の悪いときに持ちこたえて、何とか良い方へ持っていく力は、本人の気力と努力ですよ。それと工夫ね。何かを奉るとか、拝むとか、そういうことで運勢が変るとは、私にはとても思えません」

「鰯の頭も信心からっていうが、そんなもん拝んだって御利益はねえよ」

結は突然、立ちこめていた霧が晴れ、ぱっと視界が開けたような気がした。自分はどうして気がつかなかったのだろう。運の悪さと嘆いていたあれこれは、考え方を変えれば貴重な経験だった。ある意味、宝の山かも知れない。

「実は、来年のドラマのオファーが来てるんです。三十五歳のシングルマザーで、ぼったくりバーを経営している役。私には向かないと思ってたんですけど……」

その話を聞いたときは怒りと屈辱で頭に血が上ったものだ。どうして朝比奈結にそんな汚れ役をオファーしてくるのか、制作者の良識を疑った。しかし、今は違う。

「良い話じゃありませんか。汚れ役とか悪役って、目立つんですよ」

「そうだな。いかにも悪そうな奴が悪役やったって当たり前で面白くねえ。こんな可愛い顔してこんな阿漕な真似をするかってのは、観る方には堪えられねえや」

「はい。私もやっと気がつきました。とてもおいしい役をいただいたって」

結はニッコリ微笑んだ。店に入ってから明るい顔で笑ったのは初めてだった。

「私、この役、頑張ります。そして心を入れ替えて、真摯な気持ちで演技と取り組みます」

秋穂は嬉しくなった。芝居のことは分らないが、本人が前向きな気持ちになってくれたのだから、きっとこれまでとは違った道が開けるはずだ。

「ドラマのタイトル、教えて下さいね。放送始まったら必ず拝見します」

「ありがとうございます。ＴＢＳの……」

結がタイトルを言いかけたとき、珠美と女性が二人入ってきた。ドヤドヤとなだれ込んできた、といった方が良いくらいのあわてぶりだった。

「ああ、結ちゃん、お待たせ」

珠美は後ろの二人を振り返った。

「紹介するわね。占い師の幅希月先生と、アシスタントの板垣多美子さん」

結は腕時計に目を遣って「随分遅かったわね」と言おうとして、思わず目を疑った。

針は五分しか進んでいない。

そんな、バカな。

料理を三品食べてハイボールをお代りし、店の女主人と常連客を交えて長い話をした。どう考えても一時間近く経っているはずだ。

結は時計を探して店内を見回したが、魚拓ばかりで見当たらない。

「どうしたの？」

珠美が不審な顔で尋ねた。

「いえ、ちょっと、時計が止まっちゃって」

「六時半ジャスト」

すかさず自分の腕時計に目を落として答えた。

「幅先生、板垣さん、ご紹介します……ま、ご紹介するまでもなく、よくご存じでいらっしゃると思いますが、朝比奈結さんです」

「初めまして」

幅希月はゆったりと挨拶すると、結の隣の椅子に座った。珠美と多美子は二人を挟む形で両端に腰を下ろした。

希月は大柄ででっぷりと肥え、多美子は小柄で干物のようにしなびていた。二人とも四十半ばから五十くらいの年齢だろう。

秋穂としては、希月の体形を見たときから、占い師としての能力に疑問を感じていた。

それというのも、教師をしていた二十代の頃、ある高名な占い師と知り合ったからだ。正確に言えば、命を救われた。

朝、出勤で駅に向かう途中、下駄の鼻緒が切れて歩道で転倒した和服姿の中年女性を助け起こした。女性は丁寧に礼を言いながら秋穂の顔を見上げ、たちまち表情を強張らせた。そして言った。

「信じられないかも知れませんが、一分、この場所を動かないで下さい。災難を避けるためです」

わけが分らなかったが、その女性の曰く言いがたい迫力に圧倒されて、秋穂はその場で立ち止まった。と、百メートルほど前方で、乗用車がスピンしてガードレールに激突した。秋穂が歩き続けていたら、事故に巻き込まれたかも知れない。

「ど、どうして分ったんですか？」

女性はニッコリ笑って名刺をくれた。「尾局與」と書いてあった。後で知ったら高名な占い師で、政財界の大物を何人も顧客にしているほどの人だった。

秋穂はお礼の手紙を添えて菓子折を贈り、その後、二、三回手紙の遣り取りをした。

その中で尾局與は語っていた。

「占い師には当たる者と当たらない者がいます。その違いは目に見えないものを感知する力があるかないか、です。その力は千里眼、霊感、予知能力、その他様々に呼ばれていますが、根は一つです。

学問としての占い、つまり易(えき)、占星術(せんせいじゅつ)、四柱推命(しちゅうすいめい)などは統計学です。これを学べば周辺のことは分りますが、ピンポイントで的中させることは出来ません」

與は生まれながらにその能力に恵まれていた。しかし、それが自分にとって幸せかどうかは分らない、と書いてあった。

そして、その能力を維持するためには修練と節制が必要で、暖衣飽食(だんいほうしょく)していてはダメなのだという。だから能力のある人間は大抵痩せている。肥った超能力者や占い師は信用しない方が良い、とも書いてあった。

だからこの人はエセだわ。

秋穂は希月のたっぷり肉のついた顔と身体(からだ)を眺め、心の中で呟いた。

「珠美さんからお話は伺いました。最近役柄に恵まれないのは、結さん、あなたが今、悪縁に取り憑かれているからですよ。その悪縁を断ちきれば、きっと明るい展望が開けます」

案の定、希月はいかにもな胡散臭いセリフを口にした。

しかし、結はきっぱりと首を振った。

「私、考え違いをしていました。役に恵まれなかったのは、私自身が自分を型に嵌めていたからだったんです。今日、やっと自分の至らなさに気がつきました。それに気がつけたことが、これからの私の財産になると思います」

希月は戸惑ったように目を泳がせ、チラリと多美子を盗み見た。多美子は厳しい顔つきで結から珠美へと視線を転じた。珠美はほんのわずかの間にどうして結が心変わりしたのか見当がつかず、不安そうに多美子を見返した。

「折角来て下さったのに、ごめんなさい。私、もう迷いは吹っ切れました。新しい役にチャレンジして、自分の生きる道を見付けます」

決然と言い放ち、結はバッグの中から財布を取り出すと、カウンターに一万円札を載せた。

「ご馳走さまでした。お釣りは結構です」

さっと椅子から立ち上がると、一礼して店から出て行った。その時の結はまるで光の輪で覆われているような雰囲気を放っていて、誰一人声もかけられなかった。

「結ちゃん、待って」

珠美がやっと気を取り直したように立ち上がり、結の後を追って店を出て行った。

残された希月と多美子は憮然として互いの顔を見合っている。

「何よ、あれ?」

多美子が忌々しげに唇を歪めた。

「あたしに訊かないでよ。珠美が、朝比奈結がドツボにはまって自棄を起こしてるって言うから来たんじゃない。そしたら全然話が違ってさ。来て損した」

希月はうんざりしたように肩をすくめたが、多美子は粘っこい口調で言い返した。

「腐っても朝比奈結。まだ宣伝効果はあるわよ。一回くらい袖にされたからって諦めるのは惜しいわ」

「じゃあどうすんのよ? 珠美を焚きつけてもう一回面談の機会を作らせる?」

「今んとこそれしかないわね。でも、珠美はちょっと弱いわね。朝比奈結と友達なんて言ってたくせに」

希月はバカにしたようにフンと鼻を鳴らした。

「姉ちゃん、女優に友達なんかいないわよ。女優の友達ってヘアメイクとスタイリストばっかじゃない。あれは体の良いパシリよ」

「そりゃそうだ」

多美子も意地の悪い笑みを浮かべた。

秋穂は半ば驚き、半ば呆れて、まったく似ていない姉妹を見比べた。いや、似ていないのは外見だけで、悪賢くて底意地の悪い性格は実によく似ていると、今度は感心した。

希月も多美子も秋穂と音二郎の存在をまったく無視していた。まるで二人の姿が見えていないのではないかと疑うほどに。

「とにかく、作戦練り直しだ」

多美子がそう言って立ち上がると、希月も大きな尻を椅子から持ち上げた。どちらも秋穂と音二郎の存在を完全に無視したまま、店を出て行った。

「何だ、ありゃ」

音二郎は呆れた顔で秋穂を見た。

「あいつらはいい年だのに、礼儀ってもんを知らんのか」

「傍若無人を絵に描いたみたいなコンビね。まさに『傍に人無きが若し』」

そこへ、珠美が戻ってきた。

「お連れのお二人はお帰りになりましたよ」

「そう」

珠美は特にがっかりした風もなく、椅子に腰を下ろした。疲れた様子で背中を丸め、肩を落としている。

「ビール下さい」

秋穂はサッポロビールの栓を抜いてグラスを添えて出した。珠美が美しい割りに目立たないのは、ヘアメイクという職業柄なのかも知れないと考えた。女優相手の仕事だから、引き立て役に徹する方がスムースに事が運ぶのだろう。

「お客さん、よろしかったらシジミの醤油漬、召し上がりませんか？　肝機能がアップするから、疲れにも効きますよ」

珠美はぼんやりとビールの泡を見ていたが、面倒臭そうに目を上げて秋穂を見た。

「お代は結構ですよ。先ほどお帰りになったお嬢さんにいただき過ぎちゃったから」

「そう。じゃ、もらうわ」

珠美は投げやりに答え、再びビールの泡に目を戻した。内面の鬱屈が膨れあがり、身体から外に溢れているように見えた。

「後から来たお二人とは昔からのお知合いですか？」

普段の珠美なら、たまたま入った居酒屋の女将にプライベートなことを訊かれたら気分を害するのだが、不思議と今日は腹も立たない。素直な気持ちで答えていた。

「今年になってから。ちょっと悩んでいることがあって占ってもらったら、すごく良く当たるの。それで、問題があると占ってもらうようになって……」

「不倫ですか？」

珠美は驚いて秋穂の顔を見返した。

「どうして分るの⁉」

「四十前後の独身女の悩みって、恋愛・お金・仕事上のトラブルのどれかだもの」

珠美は溜息を漏らし、カウンターに頬杖（ほおづえ）を突いた。

「そうなのよね。仕事覚えるのに必死で、しゃかりきにやってたらあっという間に四十が目の前で。あわてて結婚を考えたら周りの男は既婚者ばっかり……。これであと十年もすると、親の介護がのし掛かってくるし」

シジミを一粒口に入れ、ゆっくり嚙（か）みしめてからビールを飲むと、珠美の顔がいくらか和（なご）んだ。

「これ、美味しいわね」

「ありがとうございます」

珠美は悪い人間ではなさそうなので、秋穂は思いきって訊いてみた。

「占いを信じる方ですか？」

「良いことは信じる。悪いことは信じない」

「みんなそうです」

「スピリチュアルをバカにする人もいるけど、そういう人は恵まれてるんだと思う。仕事にも人間関係にも。あなたがAさんほど仕事がもらえないのは能力が劣るからだって言われるより、ご先祖の供養をちゃんとしていないから霊が邪魔してるって言われた方が、救われると思わない？」

いきなり先祖や霊が出てきたので、秋穂も音二郎も呆気に取られ、何と答えたものやら言葉が出てこない。

「だって、それなら自分の能力とは関係ないわけでしょ。だったら自尊心は傷つかないですむもの」

「それはそうかも知れませんけど……」

秋穂が言い淀むと、音二郎が後を引き取った。

「しかしねえさん、先祖の供養をちゃんとやって、それでも物事が上手く行かなかったときはどうするね？」

「きっと、別の理由が見つかると思うわ。星回りが悪いとか持ち物に悪霊が憑いてるとか」

「それを信じるんですか？」

秋穂は更に呆れて聞き返した。

「本当に行き詰まっていたら信じるかも知れない。そうやって色々試しているうちに、苦手な相手が人事異動でいなくなったり、転職のチャンスが巡ってきたりするかも知れないし」

「でも、先祖供養の費用を払わされたり、命の水とか神秘の壺とか妙なもの買わされたりしたら、かなりお金が出て行きますよね」

そこでハッと気がついた。

「もう買わされたんですか？」

「まだ」

珠美は弱々しく首を振った。

「でも、勧められてるわ。開運の手鏡っていうの」

「おいくらですか？」

「五万円」

「絶対に買っちゃダメですよ」

「五万なら出しても良いかなってちょっぴり思ってたけど」

「五万円で運が開けるなら、日本中が宝くじに当たってますよ」

音二郎が秋穂を見てニヤリと笑った。

「しかし、五万というのは上手い値段だな。さすがに五十万、百万となったらみんな考えるが、五万なら若いOLだって出せない額じゃねえ」

「それで五万円払った人は、今度は十万、二十万の商品を勧められるんですよ。それで段々吊上げて、最後は百万、二百万、一千万」

「分ったわ」

珠美は渋々頷いた。

「ただ、占ってもらって精神的に救われたことは確かなのよ。不倫から抜け出せたし、仕事が上手く行かなくて落ち込んでるときは気が楽になったし……」

「本当は、占い師にアドバイスされるまでもなく、お客さん自身が決心してたんじゃないですか。不倫をやめることも、仕事上の悩みを引きずらないことも」

珠美はハッとした顔をした。思い当たることがあったのだろう。

「ご先祖の霊は関係なかったんですよ」

しかし、珠美は悩ましげに眉を寄せた。

「そうかも知れない。でもね、死んだらお終いって思うとやりきれないのよ。死んだらすべてが無になるって言われたら、この世で不幸だった人は、救われないままじゃない」

「それは同感です。私だってネロとパトラッシュは天国で幸せになって欲しいですからね」

そう言って秋穂は微笑んだ。

「ただ、ご先祖様や近しい人の霊って、生きてる人を苦しめたりしないと思うんですよ。反対に、助けることも出来ないんだと思います。ただ、見守ってくれてるだけで。あの世からこの世を見下ろして、心配したり喜んだりしながら、いつも心を寄せてくれてるんじゃないでしょうか」

秋穂は夫の正美のことを考えていた。住む場所はあの世とこの世に分かれてしまったが、それでも秋穂のことを案じて、遠くから見守ってくれている……そう信じている。それが真実か否かは問題ではない。信じられるということが大切なのだ。

「結さんは気持ちを切り替えて、自分の力で道を切り開こうと決心しました。お客さんも、占いやスピリチュアルに頼らないで、自分の腕を武器にやっていく方が良いですよ。今まで仕事を続けてきたんだから、腕はあるはずです。それを大切にして下さい」

珠美は神妙な気持ちになった。

ヘアメイクの仕事は人間関係に左右される面が大きくて、珠美は自己肯定感を持ちにくかった。しかし、いくら人間関係で上手く立ち回っても、そもそも腕が悪ければ仕事は来ない。四十過ぎた今も大手雑誌や広告代理店から仕事を依頼され、直接指名してくれる人気女優やモデルもいる。すべては自分の習得した技術の成果ではないか。

「そうね。そうよね」

珠美は自分に言い聞かせるように返事を口にした。

「何だか、すごく良い気分」

秋穂と音二郎の顔を交互に見て、珠美は晴れやかな笑顔になった。

「お二人とも、ありがとう。初めて会ったばかりなのに、何だか親戚(しんせき)の人みたいな」

「畏(おそ)れ入ります。新小岩においでの際は、お立ち寄り下さい」

秋穂はにこやかにそう言ったが、心の中では結も珠美も、もう二度とこの店に来ることはないだろうと思っていた。音二郎の言うとおり、一期一会、居酒屋の恥はかきすて、なのだから。

夕闇(ゆうやみ)の降りた新小岩の駅を出て、ルミエール商店街を歩いていると、後ろから声をかけられた。

「珠美さん」

振り返ると結がいた。

「ちょっと、昨日の居酒屋に行きたくなって」

「結ちゃんも？」

二人は「奇遇ね」と言い合って、アーケードの途中で右に曲がった。この路地の最初の角を左に曲がれば、昨日の店はすぐのはずだった。しかし……。

「変ねえ」

「確かこの辺だったのに」

レトロなスナックと焼き鳥屋の看板には見覚えがあった。それなのにその二軒に挟まれていたはずの「米屋」はなく、シャッターを下ろした「さくら整骨院」が取って代わっている。

「隣で訊いてみましょう」

珠美は焼き鳥屋の引き戸を開けた。

カウンターに座っていた四人の客が一斉に二人を振り返った。奥で団扇を使っている主人と生ビールを注いでいる女将も、黙って二人に目を向けた。

「あのう、ちょっと伺いますが、この通りに米屋っていう居酒屋さんはありませんか？」

主人夫婦と四人の客の顔が、液体窒素でも吹き付けられたように凍り付いた。

「あんた方、米屋に行ったたって言うのかい？」

八十くらいの女性客が震える声で訊いた。

「はい。昨日」

四人の客と主人夫婦は強張った顔を見合わせ、何やらヒソヒソと言葉を交している。

「あのう、何かあったんですか？」

「米屋は三十年前になくなったんだよ」

結と珠美は揃(そろ)って半オクターブ高い声を出した。

「そんなバカな」

「昨日そこで呑んだんです。ママさんと年配のご常連さんと話もしたし……」

八十を過ぎているらしい、きれいに頭のはげ上がった客が大きく首を振った。

「秋ちゃんは、米屋の女将は三十年前に亡くなった。ここにいる全員で通夜(つや)と葬式に出たから、間違いない」

「そんなバカな！」

結はその客を指さした。

「昨日会った常連さんは、あなたにそっくりな人でしたよ。悉皆屋さんで、着物のことにすごく詳しい。シミだらけの着物に柄入れして見事に甦らせたって、嬉しそうにママさんに話してました」

客は目を見開いた。その瞳が見る見る涙で潤んだ。

「俺の親父だ……悉皆屋音二郎。名人と言われた職人だった。俺は親不孝してサラリーマンになって、店を継がなかった。親父は文句を言わなかったが、心の中じゃ、跡を継いで欲しかったんだ」

音二郎の息子直太朗は、肘を曲げてシャツでぐいと目を拭った。隣の席の古本屋の主人谷岡資が、慰めるように肩を叩いた。

「おやじさんは悉皆屋の商売が先細りだって分ってた。だから自分の代で終わらせて、息子は別の仕事に就くしかないって、米屋で俺にそう言ったよ」

「その通りよ。この三十年のことを考えたって、直ちゃんはサラリーマンになってよかったのよ。店を継いでたら、おじさんのお葬式、あんな立派に出せなかったかも知れない」

昭和レトロな美容院リズの主人、井筒小巻も口を添えた。

「しかし、あれだな。秋ちゃんもおやじさんも、元気そうで良かったよ。この前の兄ちゃんも喜んでたし」

四人の中では一番若い釣具屋の主人・水ノ江太蔵が、やけに明るい声で言った。

「これで俺たちも、いつお迎えが来ても安心だな」

「だな。あの世も案外楽しそうだ」

資が締めると、四人はグラスを持ち上げて乾杯した。

結と珠美はわけが分らず、ただ呆然としたまま店を出た。

駅へ向かって歩きながら、珠美が呟いた。

「見守るだけって言ったのに、ママさん、助けてくれたんだ」

結は静かに、しかし力強く言った。

「私、宝の山に一つ宝が増えたわ。昨日の体験、一生忘れない」

新小岩の夜空は、パチンコ屋とカプセルホテルのイルミネーションに照らされて、七色に点滅していた。

第三話
親しき仲にもディスタンス

遠くで時計の鳴る音を聴いたような気がして、秋穂はハッと顔を上げた。

「いやだ、いつの間に眠ってたんだろ」

茶の間で座っているうちに、いつの間にかちゃぶ台に突っ伏してうたた寝していたようだ。気がつけば唇の端からひと筋、よだれが垂れている。

「……もう！」

ティッシュの箱から二、三枚引き出してあわてて口の周りを拭った。別に美味しい物を食べる夢を見ていたわけでもないのに、年のせいだろうか？ そして柱時計の鳴る音も不思議だ。

「うちにはもう、振子の時計なんかないのに」

壁にかけてあったネジ巻き式の黒い大きな振子の柱時計が壊れて、軽くて丸い電池式の時計に替えたのは、『ジャパン アズ ナンバーワン』がブームになった年だった。

つい昨日のことのような気がするのに、あれからバブルが始まって土地の値段が高騰し、地上げ屋が跋扈したかと思えば、ディスコが乱立して若い娘がお立ち台とやらでパンツ丸見えで踊るようになり、天皇陛下は崩御され、元号も変ってしまった。

「色々あったわよねえ」

秋穂は仏壇に飾った正美の写真を振り返り、苦笑を浮かべた。

ねえ、本当に一九九九年には空から恐怖の大王が降ってくるの？

正美はなにも答えず、ただ穏やかに微笑んでいる。それを見ると今日も安心して店を開けられる。

「さて、そろそろ支度しないと」

よっこらしょっと掛け声をかけて立ち上がり、秋穂は店に通じる階段を降りた。

新小岩駅の南口にはルミエール商店街が広がっているが、北口にもみのり商店会という昭和三十年代から続く商店街がある。ルミエール商店街と違ってアーケードはないが、南北約二百メートルに渡って、生鮮食料品を中心とした店がおよそ百店舗も営業している。

葛飾区の南、江戸川区との境目に近い土地で生まれ育った秋穂は、新小岩駅の南側で買物をすることが多く、北側に足を伸ばすことはほとんどない。結界が張られているわけでもないのに、どうしてもそういう生活パターンになってしまうのは、やはり食品雑貨などの日用品が全部南側の商店街で揃ってしまうからだろう。

そして新小岩に足りないアパレルや家電製品は、南の住人も北の住人も、電車に乗って錦糸町に買いに行く。それは昔から変らない、新小岩の生活パターンである。

「いらっしゃい」

今日の口開けの客は悉皆屋「たかさご」の主人、沓掛音二郎だった。

「ホッピー」

ホッピーの注文も定番だ。

「はい、お通し」

秋穂はホッピーと焼酎入りのグラスに続いて、シジミの醤油漬を入れた小鉢を出した。

「これからお通しはシジミに決めたわ。酒呑みには必需品で、肝臓に良いんですって」

「それに、美味いしな」

音二郎はシジミの殻をつまんで口元に持って行き、中身を啜りこんだ。

「油揚の味噌チーズ挟みって作ったけど、食べる？」

「そんな手間かけなくても、焼いて醤油で良いよ」

「たまにはちょっと目先の変ったつまみも試してみてよ」

「……そうさな」

音二郎は素直に頷いた。五年前に妻を亡くしているので、米屋で秋穂にあれこれお節介を焼かれるのが、決していやではない。

秋穂は音二郎があまりつまみを食べないのをちょっぴり心配している。奥さんが健在な頃は、米屋で呑んでから家に帰って晩ご飯を食べていたが、最近は何も食べずに寝てしまうことが多いと、息子の直太朗から聞かされた。

冷蔵庫から油揚の味噌チーズ挟みを入れた容器を出し、二枚取って焼き網に載せた。

一枚の油揚を二枚に切り、口を開いて袋にしたら、味噌を塗ってシュレッドチーズと青ネギの小口切りを詰めれば出来上がり。

焼くと油揚はカリッと香ばしく、中の味噌とチーズはトロリと溶けて、ネギが薬味のアクセントを添える。作り置きして冷凍保存すれば、後は解凍して焼くだけだ。

「最近、面白い仕事あった？」

音二郎は得意そうに鼻をうごめかせた。

「大ありのこんこんちきよ。でかい仕事をやっつけたぜ」

「へえ、どんな」

音二郎は箸で油揚をつまみ、一口かじって囓り跡に目を近づけた。

「ふうん。なかなかいけるな」

「でしょ」

これ一品で植物性と動物性のタンパク質、そして発酵食品が摂れる。音二郎にはキチンと栄養を摂って長生きしてもらいたい。

「それで、大仕事の方は？」

「黒留袖の染替え」

「黒留袖って、黒よね。染替える余地、ないんじゃない？」

「それがすっかり焼けちまってな。黒とも灰色ともつかねえ、情けない色になってやがるのよ。ああなっちゃ丸洗いもダメ、染み抜きもダメ、染め直ししか方法がねえのよ」

音二郎は勢いよくホッピーを呷った。

「二ヶ月先に控えた息子さんの結婚式に着ていきたいってことだった。何でも先代の姑さんから譲られた、大正時代の由緒ある品だそうだが、そりゃあひと目で分ったね。ずっしり持ち重りのする上物の羽二重に、銀糸でたっぷりと扇の文様が刺繍されていて、扇の地紙の文様は四君子（竹・梅・蘭・菊）に十字詰め亀甲、七宝と、おめでたい宝尽しだ。昔の職人は良い仕事したねえ」

音二郎の話には秋穂の分らない単語がいくつか混じっていたが、腰を折らずに黙って耳を傾けた。ここで悉皆の話をするのも、音二郎には呑むのと同じくらいの楽しみなのだ。

「着物を解いて湯のしをして、柄伏せして、紅下黒で引き染めしたら、そりゃあもう、惚れ惚れするような留袖に生まれ変わって……」

柄伏せとは染めたくない部分に糊を塗って染色を防ぐこと、紅下黒とはまず紅色に染めてから黒色を染め重ねること、引き染めとは布を引っ張って伸子張りをした状態で刷毛で染料を塗って染める技法のことだと、音二郎から何度も聞かされるうちに知った。

黒は一つだけでなく何種類もあるという。藍色で下染めをした黒は藍下黒と言うのだそうだ。紅下黒は黒色の下に紅色が潜み、藍下黒は藍色が潜んでいる。

女性の衣服が黒色しか許されない中東の国では黒色だけで何十種類もバリエーションがあって、年ごとに〝流行色〟があるのだそうだ。ちなみに白色にも様々なバリエーションがあって、中東で男性が着ている白い民族衣装の生地は、日本製が圧倒的な人気を誇っている。

「おじさんの話を聞いてると、私も着物が着たくなってくるわ」

音二郎はホッピーのグラスを手に、嬉しそうににんまりした。

「良いじゃないか。結婚するとき、何枚か持たしてもらったろ」

「うん。留袖と訪問着と色無地」

「さすがに店で着るわけにはいかねえが、たまには着てやんな。箪笥(たんす)の肥やしは着物が可哀想(かわいそう)だぜ」

「そうは思うけど、着物着ていくような場所もないしねえ。それに、若い頃誂(あつら)えたから、今になると派手で気恥ずかしくて」

「それこそ俺の出番じゃねえか。染替えしなよ。出血大サービスで引き受けるぜ」

「そうねえ……」

秋穂はもう何年も箪笥にしまいっぱなしの三枚の着物を頭に思い浮かべた。黒留袖は模様に朱色が入っているのが気になるし、訪問着は洋花の柄が派手すぎて着る気になれず、色無地はサーモンピンクでこの年ではこっぱずかしい。

「おじさんに染替えてもらえれば、何とかなるかしらねえ」

「任しときな。昔の着物はものが良いから、キチンと染替えすれば、新しく誂えるよりお得だよ」

秋穂は音二郎と話しながら土鍋(どなべ)を火にかけた。中身は米と水。おかゆを炊く予定だ。今日はとろろ昆布で出汁(だし)を作った。お湯をかけるだけで超簡単だが、旨味がしっかりあって、トロリとした食感も良い。この出汁に薄口醬油とみりんで味を付け、おかゆにかけるとひと味違った美味しさが生まれる。音二郎の締めの料理にピッタリだ。

土鍋が沸騰し、火を弱火に調節したところで、入り口の引き戸が開いた。

「こんばんは」

入ってきたのは初めてのお客だった。年は四十ちょっとくらいで、ボタンダウンのシャツにジャケット、ノーネクタイだ。男性の服装に詳しくない秋穂が見ても、趣味が良く、身につけている品も上等らしく感じられた。

「いらっしゃいませ」

なんでこんなカッコいい人がうちに来るのかしら？　カフェバーと間違えたわけじゃないだろうけど。

愛想の良い笑顔で迎えながらも、心の中では違和感を拭えない。洋服だけでなく、中身も苦み走った好い男だった。どう考えても米屋の客には似つかわしくない。六本木のこじゃれた店でブランデーのグラスをグルグル回しているのがお似合いだ。

「ホッピー下さい」

新客の名は片平尊。大手広告代理店に勤務し、四十二歳でＧＭ（統括部長）に抜擢された、謂わば出世頭だ。

尊はカウンターの隅に腰掛けて、物珍しげに店内に貼られた魚拓を眺めている。

「見かけ倒しですみませんね。あれ、全部亡くなった主人の趣味で、うちは海鮮料理やってないんですよ」

秋穂はお客が勘違いしないように先手を打ってから、おしぼりとお通しのシジミの醬油漬を出した。

尊は小さく頷いて、おしぼりで手を拭いた。ホッピーを飲み、シジミをつまんで意外そうな顔をした。

「このシジミ、美味いね」

「ありがとうございます。台湾料理屋さんのご主人に教えてもらったんですよ」

尊はカウンターのメニューをチラリと眺めてから、正面に目を戻して秋穂を見た。

「お勧めってなに？」

「モツ煮込みです。良く下茹でしてあるから、臭味は全然ありませんよ」

尊は片手で胃のあたりを押さえ、ちょっと顔をしかめた。

「う～ん、やっぱりやめとく。今日、ちょっと腹具合が良くなくて、油っこいものは……何か消化の良いもん、ない？」

「お出汁のゼリーなんか如何ですか？　鰹と昆布出汁に醬油とみりんと塩で味付けして

ゼラチンで固めてあります。消化が良いし、ツルッとしてて喉ごしも良いですよ」

「うん。それ、もらいます」

秋穂は冷蔵庫からガラスの器に入れて固めた出汁のゼリーを取りだした。仕上げにぶぶあられをパラリと散らし、ミントの葉を載せる。お吸い物をゼリーで固めただけなのだが、意外と美味しい酒の肴になる。

尊はスプーンでゼリーをすくい、ひと匙ツルリと口に滑らせた。

「洒落てるね。味も良いし、見た目もきれいで料亭みたいだ」

「お客さん、褒めすぎ」

秋穂は大いに目尻を下げて頰を緩めた。料理を褒められて嬉しくないわけがない。おまけに相手が洗練された好男子なら尚更だ。

「秋ちゃん、中身お代り」

「はい」

音二郎のショットグラスに焼酎を注いでカウンターに置いた。

「おじさん、味玉食べる？」

「ああ」

半熟に茹でた卵を醬油ベースのタレに漬けた味玉は、作り置きのつまみとしても重宝だ。秋穂はタレにカレー粉を混ぜて、少しばかり違いを出している。

尊は音二郎の前に出た味玉を見て、ゴクリと喉を鳴らした。

「女将さん、俺も味玉」

「はい、ありがとうございます」

尊は味玉の小皿を受け取ると、すぐに箸をつけ、半分を一口で食べた。

「カレー味なの？　変ってるね」

「よそのお店で食べて美味しかったんで、真似してみました」

尊は味玉を肴にホッピーを飲み干し、グラスを置いた。

「こっちも中身、お代り。なんか、段々腹へってきた。昼、食べてないんだ。女将さん、何かあったかい料理ない？」

「そうですねえ……」

秋穂は素早く冷凍庫に仕込んだ料理のリストを思い浮かべた。

「春雨の中華スープは如何ですか？　海老と野菜が入っていて、消化は悪くないと思いますけど」

「それ下さい」

秋穂は冷凍庫を開けてフリーザーバッグを取りだした。冷凍の海老と青梗菜、長ネギ、エノキ、そして半分の長さに切った乾燥春雨をバッグに入れ、酒と醤油を加えて冷凍する。鍋に湯を沸かして鶏ガラスープとゴマ油、塩、胡椒を加え、バッグの中身を全部入れて火が通ったら出来上がり。一人前のスープの具材がすべてバッグに入っているので、まことに手間いらずだ。春雨とたっぷりの野菜類は胃に優しく、具沢山で食べ応えもある。

尊はフウフウ言いながらスープを口に運んでは、ホッピーで舌を冷やした。

「この店、長いの？」

「二十年くらいかしら」

「そうか。じゃ、俺が引っ越してから出来たんだな」

「あら、お客さん、新小岩にお住まいだったんですか？」

「学生時代、松島三丁目のアパートに住んでた」

「まあ、そうでしたか」

江戸川区松島は葛飾区の南端と隣接し、新小岩駅からも近い。ルミエール商店街も南の方は住所が葛飾区から江戸川区松島に変る。

「二十年ぶりに来てみたけど、あんまり変らないね。残ってる店も何軒もあった。オリムピアと第一書林と鳥松は懐かしかったなあ」

オリムピアは服飾洋品店、鳥松は鶏肉を専門に扱う店で、焼き鳥や唐揚げなどの惣菜も売っている。

「みんな長いですからねえ」

ゆっくりと味玉を飲み下した音二郎が、尊の方に顔を向けた。

「兄さんは西友にあった新小岩銀座やコンパルや第一劇場は知ってるかね？」

駅前の西友スーパーの入っているビルは、今はクッターナ新小岩で飲食街だが、かつては西友デパートという名で、衣料品を売るフロアもあり、五階と六階には映画館が入っていた。

「いや、全然。あのビルに映画館なんかあったんですか？」

「昔は映画が娯楽の王様だったからな。新小岩の近辺には五軒も映画館があったもんさ」

子供達は夏休みと冬休みには新小岩東映とコンパルに、「東映まんがまつり」と「東宝チャンピオンまつり」を観に行ったものだ。

西友デパート六階にあった第一劇場は最後まで新小岩に残った映画館だった。末期は成人映画館に鞍替えしたが、それ以前は洋画の二本立てを上映していて、秋穂は第一劇場で半年遅れの名画を何本も鑑賞したものだ。

「新小岩も色々歴史があるんですね。俺は四年しかいなかったけど、暮らしやすい街って印象だったな」

「そう言われること、多いですよ。物価が安めで、都心までのアクセスが良い割りに家賃も安いって」

東京駅まで快速一本で十四分、横須賀線直通なら新橋、品川、横浜にも乗り換えなしで行ける。

「それに、遅くまでやってる食べ物屋がいっぱいあるし……〝はしご〟がまだやってて、懐かしかったなあ」

「ああ、担々麵のお店ね」

「うん。締めに喰って帰ろうかな」

先ほどは煮込みを敬遠したというのに、担々麵とは。米屋で呑んでいるうちに腹具合が良くなったのだろうか。それとも……？

秋穂は誰かが提唱した「ビールに始まりラーメンに終わる」という呑み助の行動様式を思い出し、笑みがこぼれた。

「お客さん、新小岩の後はどちらに？」

「三軒茶屋」

秋穂は音二郎と顔を見合わせ、さもありなんとばかりに頷き合った。

「若い奴はみんな西に行きたがる。二言目にはサンチャ・シモキタ・ジョージとな」

「三軒茶屋や下北沢、吉祥寺は若者に大人気ですよねえ。実際住んでみれば交通アクセスが悪くて、家賃が高いのに、何故かみんな憧れるのよねえ」

尊は照れたように頭をかいた。

「反省してます」

「しょうがないわよ。お洒落だもんね。若い人は憧れるわ」

「でも、女将さんの言うとおり。不便な割りに家賃高いんで、二年で引っ越した」

引っ越した先は下目黒で、現在は元麻布のマンションに住んでいるが、嫌みになるので黙っていた。

尊はメニューにざっと目を走らせてから顔を上げた。

「ええと、レモンハイ下さい。それと、お通しのシジミ、お代り」

秋穂はグラスに焼酎と炭酸水を注ぎ、ポッカレモンを数滴垂らしてマドラーでかき混ぜた。下町の居酒屋に相応しく、生のレモンを使うような洒落た真似はしない。

「お待ちどおさま」

レモンハイのグラスを出してから、お通しの小鉢にシジミの醬油漬を盛った。

「女将さんは釣りはやらないの？」

「全然。主人はたまにお客さんを誘うことはあったけど。おじさんも何回か一緒に船に乗ったわよね？」

「ああ。東京湾が多かったな。一度、泊まりがけで神津島に連れてってもらって、そりゃあ楽しかった。釣果もどっさりで、ケンサキイカ、縞アジ、ムロアジ、アカハタ……みんな美味かった」

「うちにも持って帰ってきたわ。アカハタの煮付けは美味しかったなあ」

「まあちゃんは、ハタ系に外れは無いって言ってたな」

音二郎は寂しそうな目をして首を振った。

「俺は元々釣り師じゃねえから、まあちゃんが亡くなってそれっきりさ。わざわざ気難しい年寄りを誘ってくれるような奇特な奴はいねえからな」

「残念ですね。女将さんも一緒に行けば良かったのに」

秋穂はひょいと肩をすくめた。

「ついてかなくて正解だったと思うわ。女房が一緒じゃ、息抜きにならないでしょ」

尊は意外そうな顔で眉をひそめた。

「どうして？」

「だって、うちは毎日同じ店にいて、一年三百六十五日、ほとんどずっと一緒にいるわけよ。だからたまにはお互い別々に行動しないと、鬱陶しくなるじゃない」

「なるほどねえ」

尊は感心したように溜息を吐き、独り言を呟いた。

「親しき仲にもソーシャルディスタンスか」

そしてもう一度店内に貼られた魚拓を見回した。

「ただ、こんなすごい魚拓を見せられると、もったいないよね。女将さんが釣りやってれば、釣った魚を店に出せるのに」

「私もたまにそう思うんだけど、この前来たお客さんがね……」

秋穂はイタリアンの料理人・勅使河原仁のことを思い出していた。一期一会だったが、良い出会いだった。

「別に海鮮にこだわらなくても、買ってきた魚に一手間加えれば、立派な酒の肴になるって言って下さったの。無理に自分で下ろす必要は無い、下処理はプロに任せて、刺身や冊や切身の状態から調理すれば充分だって」

「あ、それは言えてるね」

尊はあっさり頷いて、レモンハイを一口呑んだ。

「確かに一匹丸のままの魚って、普通の家庭だと処理に困るよね。この前、すごい立派な尾頭付きの鯛をもらっちゃったんだけど……うちの奥さん、料理習ってたんで、魚を下ろせるんだよ」

頭と中骨は潮汁、身は刺身と奉書焼き、余った分は昆布締めにして無駄なく食べられた。

「それでも内臓と、頭の残りは捨てなきゃならない。うちのマンションはいつでもゴミ出しOKなんだけど、腐ると困るから、気を遣って冷凍庫で凍らせてから出したんだよね。あれ、生ゴミの収集が週二回とかの家に住んでたら、何日もゴミを冷凍保存しなくちゃならなくて、不合理だよね」

秋穂はむしろ、尊の妻の見事な腕前に感心してしまった。

「奥さん、すごいですねえ。まだお若いんでしょ？」

「二十四歳です」

秋穂と音二郎はびっくりしてのけ反りそうになった。尊の年格好を考えれば、妻の年齢は三十代だろうと思っていたからだ。

「今時の若い娘とは雲泥の差だ。兄さん、宝くじに当たったようなもんだよ。良い奥さんを娶って良かったなあ」

「はあ、どうも」

尊は何故か恐縮したように身を縮めた。

「こんばんは」

入り口の引き戸が開いて、男女の客が入ってきた。近所で美容院リズを経営する井筒(いづつ)巻(まき)と、古本屋の隠居谷岡匡(たにおかただす)である。二人とも年齢は音二郎とおっかつだ。

「いらっしゃい」

「よう、お先」

音二郎が振り向いて二人に挨拶(あいさつ)した。お互いにご近所であり、米屋の常連でもあり、三人とも秋穂とほぼ同年代の子供がいる。

「ビール」

「ぬる燗(かん)、一合ね」

おしぼりを使う巻の左手の薬指にはダイヤの指輪がキラリと光っている。今は昔馴染(むかしなじ)みの常連さん以外は、娘の小巻(こまき)と従業員に任せてセットもカットもしない身だが、営業中は指輪は外している。巻の指輪は「仕事終了」の合図のようなものだ。

秋穂は二人にもお通しのシジミを出した。幸いなことに、シジミの醤油漬は常連さんたちにも評判が良かった。

巻も匡も長い付き合いで気心も腹具合も知れている。特に指定が無い限り、肴はその日にあるものを順番に出すことにし、満腹になったらストップをかけてもらう〝わんこそば方式〟だ。

「今日は煮込み、味玉、油揚の味噌チーズ挟み、アサリの酒蒸しね。シメは中華風春雨スープかとろろ昆布の餡かけおかゆ、どっちが良い？」

「春雨かな」

「あたしも。おかゆだと何となく『シャボン玉ホリデー』みたいで」

「おとっつあん、おかゆが出来たわよ」

「いつもすまねえな。こんな時おっかさんが生きていてくれたらな」

「おとっつあん、それは言わない約束でしょ」

老人クラブでたちまち始まった「シャボン玉ホリデーごっこ」を、若い尊は怪訝な顔で眺めている。

それに気がついて巻は左手をひらひらと振り、ニヤリと笑いかけた。

「ごめんなさいね、お喧しくて」

「いいえ、とんでもない。こちらこそお邪魔しています」

相手が若くてハンサムなせいか、巻は指輪がよく見えるように左手を顔の横に立てて、なおも話し続けた。

「これ、亭主がくれた指輪。別れるときに突っ返してやろうと思ったんだけど、持って良かったわ。旅先で財布落として途方に暮れたとき、この指輪を質入れしてホテル代と汽車賃を工面したの。だからお守り代わりに持ってるのよ」

「はあ、そうですか。なるほど、質草は身につけていた方が安全ですね」

尊は急に心配になったように服のポケットを探り始めた。

「兄さん、良い時計してるじゃない。それ、高いでしょう」

匡が腕時計を指さした。

「そっか。これで大丈夫だ」

尊は時計をなでてから秋穂に笑顔を向けた。

「財布があるうちに勘定払います。女将さん、ご馳走さまでした」

「ありがとうございました」

秋穂は勘定書きを差し出した。

「お釣りは結構です。美味しかったですよ」

尊は五千円札を載せて勘定書きを返した。

「畏れ入ります。ありがたく頂戴いたします」

秋穂は丁寧に頭を下げ、カウンターの中から尊を見送った。

「ねえねえ、どういう風の吹き回し？　あんな色男がこんな店に来るなんて」

匡はいささか呆れた顔で巻をたしなめたが、秋穂は笑顔で首を振った。

「おばさんの言う通りよ。私だってなんであんなお客さんがうちへ来たのか、わけが分んないわ。六本木あたりで呑んでそうな感じじゃない」

「でしょ」

巻は得意そうに頷いて、猪口の酒を飲み干した。

「しかし、最近はまるで柄でもない客が来るよなあ。先月は美人の姉ちゃんが二人で来たし」

「ほんとうかい？」

匡が音二郎の方に身を乗り出した。

「ああ。鉢合わせしてびっくりだったぜ。まさに掃きだめに鶴よ」

「ああ、居合わせなくて残念だった」

匡はグラスのビールを一気に飲み干した。

「そうそう、おじさん、おかゆ出来たわよ。熱いうちにどうぞ」

とろ昆布の出汁に薄口醤油とみりんを加えて温めたら、出来立てのおかゆの上にかける。仕上げに青ネギの小口切りと生姜のすり下ろしを加えた。トロリとした餡かけのおかゆは、ひと味違った美味しさだ。

「こいつは美味そうだ」

音二郎はレンゲで粥をすくい、丁寧に息を吹きかけた。

「ほう。餡かけか。瓢亭の粥と同じだな」

匡が音二郎のおかゆの器を覗き込んで言った。

「何だか、俺もシメはこっちが喰いたくなった」

「そう言われると、あたしもこっちが良くなったわ」

「はい。それじゃ、今から二人分ご用意します」

秋穂は土鍋に米を入れて研ぎ、水を加えてガス台にかけた。

「そう言えばおじさん、樹くん、この頃どう？」

「それがなあ、どうにもこうにも……」

匡は溜息を吐いた。

匡の孫の樹は一人息子資の息子で、有名大学の文学部を優秀な成績で卒業し、大学院の修士課程を修了して博士課程に進んだ。するとその直後、ある有名小説家と知合い、私設秘書のようなことをしたのをきっかけに大手出版社に紹介され、執筆依頼を受けた。その書籍の評判が良く、以来、いくつもの出版社から執筆依頼が来るようになった。

　ところが、指導教授はそれが面白くない。自分には縁の無い大手出版社から次々に執筆依頼が来るのがねたましく、樹が憎くて堪らないのだった。指導教授に嫌われたら、博士号の取得は難しい。

　樹は日々悩まされ、最近はすっかりノイローゼ状態だという。

「ケッ！　ご立派な大学教授様が、なんてテイタラクでえ。よくもまあ、そんな薄みっともねえ真似が出来るもんだ。反吐が出るぜ」

　音二郎が吐き捨てるように言えば、巻も思い切り顔をしかめた。

「まるで『白い巨塔』だねえ。ほら、弟子の財前に嫉妬した東教授が権謀術数で追い出そうとしてさ」

「おいおい、谷岡さんのとこの孫は、財前みたいな思い上がった嫌味な野郎とは違うぜ。謙虚だし、年寄りを大切にするし」

「教授の野郎がすっとこどっこいなんだから、本人が良い子だってしょうがないのよ」

　秋穂はいかにもありそうな話だと思った。大学院へ行ったことはないが、教師の世界も似たようなものだ。子供達を教え育てることを望んで教師になったはずなのに、職員室は出世欲と嫉妬と猜疑心（さいぎしん）が渦巻いて、およそ〝聖職〟とはかけ離れた世界だった。

「他の研究室に移るのは難しいんですか？」

匡は眉間（みけん）に縦ジワを寄せた。

「たぶんな。他の教授だって、同僚に疎（うと）まれてる研究生を引き受けるのは気が重いだろう。その同僚と気まずくなるのは見え見えだし、教授会で嫌味を言われるのもいやだろうし」

匡は若い頃、神田（かんだ）の有名古書店で働いていたことがある。そこは大学教授や研究者を大勢顧客に抱えていたので、学会や研究室の雰囲気は漏れ聞いていた。

「いっそ、そんな研究室に見切りつけて、本格的に執筆活動を始めるわけにはいかないのかしら？　だって、出版社ともつながりが出来てるわけだし、今まで何冊もご本を書いていて、みんな評判も良いんでしょ。そんならなにも、理不尽な教授に頭押さえつけられて、ノイローゼになってることないと思うけど」

「俺もそう思うんだが、孫にしたら諦（あきら）めきれないんだろうな。卒業してから五年も大学に残って、修士から博士課程に進んで、あと一歩ってとこまで来てるのに、ここで全部投げ出すってのは」

「それは分るけど……」

こじれてしまった人間関係を元に戻すのは難しい。小説やドラマの世界ならありそうだが、秋穂は現実にそんな例を見聞したことはない。樹がどれほど礼を尽くそうと、教授の心には届かないだろう。

利害関係のない人間同士であっても、いやな相手と顔をつきあわせているのはストレスになる。まして相手に生殺与奪(せいさつよだつ)の権を握られているとなったら、樹の感じる苦悩はどれほど大きいか。

ストレスから解放されるには、逃げ出すしかない。その場を遠く離れてしまえば、もうストレスに悩まされなくてすむのだ。

樹が完全に心を病んで、取り返しのつかないことになる前に、教授ときっぱり袂(たもと)を分(わ)かって逃避すべきだと、秋穂はそう思わずにいられなかった。

尊は米屋を出てから駅の方へと戻り、パチンコ屋に入った。パチンコがしたかったわけではなく、時間をつぶしたかったのだ。

白けた気持ちで玉を打っているのに、何故か大当たりが出てしまった。いや、冷めているから命中率が良かったのかも知れない。

二時間ほどで箱が四つも満杯になった。これ以上玉が増えるのが煩(わずら)わしいので換金に行くと、周囲の客の羨望に満ちた視線が突き刺さってきた。

尊はパテックフィリップの時計に目を落とした。まだ九時半を回ったばかりだ。

もう一軒パチンコ屋をハシゴするのも面倒だった。何気なく前方を見上げると、カプセルホテルとサウナの電光掲示板が目に入った。

一風呂浴びるか……。

そしてそのままカプセルホテルに泊まるのも悪くない。明日はホテルから仕事先に直行だ。途中どこかの店でワイシャツと下着を買って着替えれば、それでＯＫだろう。

尊はカプセルホテルに足を向けた。

時計の針は十時半を指していた。今さっき、二人で来ていたお客さんが帰ったばかりだ。

もう、閉めようかな。

自宅兼店でやっている商売だから、営業時間は厳密に決めていない。お客さんの入り次第では深夜二時まで開けていることもある。だが、今夜はもう、ご常連さんはみんな顔を見せてくれたし、場違いな一見さんも来てくれた。これ以上開けていても新しいお客さんは期待できない。そういうときは早仕舞いするに限る。

表の明りを消そうとカウンターを出たところで、入り口の引き戸が開いた。

「あら」

早い時間に帰っていった客が戻ってきたので、びっくりしてしまった。しかも、二度と来ないだろうと思っていた場違いな客だったので、尚更驚いた。

「お忘れ物ですか？」

「いや。もう看板？」

遠慮がちに尋ねる尊に、秋穂は安心させるように首を振った。

「どうぞ。うちはお客さんがいる間は営業時間ですから」

尊は安心したようにカウンターの真ん中に腰を下ろした。

「長居しないよ。サウナに入って寝るつもりが、すっかり酒が抜けて目が冴(さ)えちゃってさ」

言われてみれば湯上がりらしく、サッパリした顔をしている。尊はメニューも見ずに注文した。

「ええと、日本酒。ぬる燗で一合」

「はい。お待ち下さい」

秋穂はいそいそと徳利(とっくり)に日本酒を注ぎ、薬罐(やかん)の中に入れて燗を付けた。

「そうそう、〝はしご〟で担々麵召し上がりました？」

「いや。店の前まで行ったんだけど、今食べたら絶対にもたれると思って、引っ返した」

尊は苦笑を漏らした。

「年だなあ。情けないよ」

「まさか。まだまだお若いですよ」

若い人に限って年寄りぶるのよね。本当に年取ったら、老化現象が骨身に沁みて、気軽に「年だ」なんて言えないもの。

秋穂は心の中でそっと呟き、店の常連である音二郎や巻、匡たちの顔を思い浮かべた。あの人達が「年だ」とこぼすのは聞いたことがない。

「おつまみにどうぞ。お代は結構ですよ。さっき多めにいただきましたから」

燗の付いた酒の当てに、出汁のゼリーを出した。これなら胃にもたれる心配はない。

「ああ、これ、美味かった。もう一回食べたいと思ってたんだ」

尊は猪口をカウンターに置き、スプーンでゼリーをすくった。

「女将さん、もう一品何か作ってくれない？　胃に優しいやつ」

「そうですねえ……ニラ玉豆腐なんか如何ですか？」

「うん、良い感じ」

　出汁を小鍋にとって火にかけ、醤油とみりんで味を付け、絹ごし豆腐、ニラの順で入れて、溶き卵でとじる。単純だが素直で優しい味で、晩酌(ばんしゃく)のお供にはピッタリだ。

「ついでにぬる燗、もう一合」

　尊はゆっくりと猪口を口に運んだ。

「寝酒にはぬる燗が一番だって、上司が言ってた。アルコールって、体温と同じ温度にならないと効かないんだってさ。だから人肌のぬる燗を呑むと、すぐにほろ酔いになって、それが長く続くから効率が良いって」

「あら、良いこと聞いちゃったわ」

「でもさ、それ言った本人が飲み過ぎでアル中になっちゃったから、イマイチ説得力ないけどね」

　鍋の中で大きめに切った絹ごし豆腐が上下動を始めた。そのタイミングでニラを入れ、火が通ったら卵でとじる。卵のフワリとした食感が大切なので、煮すぎは禁物だ。火を止めて小鉢に盛り付けた。

　ちょうど二本目の徳利も燗が付いた頃合いだった。

「……うま。日本酒って、汁物と合うよね」

尊はレンゲでニラ玉豆腐を口に運び、続いて猪口を傾けた。その動作をしばし繰り返してから、レンゲを置いてしげしげと小鉢を眺めた。

「この器、志野焼(しのやき)？」

「さあ？　大昔、結婚祝いにもらったものなんで、詳しくは」

秋穂はニラ玉豆腐の小鉢を眺めている尊を見て、ふと思い出した。二十四歳の若妻は今頃どうしているのだろう？　時計を見れば十一時を過ぎている。

「お客さん、うちは構わないですけど、終電は大丈夫ですか？」

「大丈夫。今夜は駅前のカプセルホテルに泊まるから」

それを聞いて千葉方面に出張するのかと思ったが、手荷物もないし、妙な気がした。

「奥さん、新婚でしょ？　帰ってあげなくて良いんですか？」

尊はほんの少し眉をひそめた。余計なお節介をされて不愉快なのかと思いきや、そのまま顔を歪(ゆが)めると両手で覆ってしまった。

「ど、どうしたんですか？」

「……どうして良いか、分らないんだ」

尊は絞り出すような声で答えた。

「生まれて初めて、心から愛せると思った女と出会って、いくつも障害を乗り越えて、やっと結ばれた。それなのに、俺は彼女の居る家の中で、身の置き所がない。居場所がないんだ」

　尊は大きく息を吐き、やっと顔から両手を離した。その表情はこれまでとは別人のように、暗くて寂しげで、陰惨でさえあった。

「俺は両親の顔をほとんど覚えていない。父親は俺が生まれて間もなく、事業に失敗して莫大な負債を抱えた。多分返済に追われているうちに、心がすさんでいったんだと思う。母に暴力を振るっていたらしい。母はそれに耐えかねて逃げ出した。その晩、父は酔っ払って歩道橋から転落して死んだ。父が死んでも母は俺を引き取りに現われなかったから、早い話が子供を捨てたんだな。俺は児童養護施設に収容されて、高校卒業までそこで暮らした」

　秋穂は息を呑んで尊の話を聞いていた。洗練された外見からは想像も出来ない身の上だった。

「俺は大学進学を希望していたが、入学金や授業料を出してくれる親戚もない身の上では、ほとんど不可能だった。ところがある日、一生に一度の幸運が舞い込んだ」

　学校帰りに気まぐれで買った宝くじが二等に当籤したのだ。億単位の金額ではなかったが、大学の入学金と授業料を支払い、四年間の生活費を確保するには充分だった。

「俺はその金で新小岩にアパートを借りて大学に通った。アルバイトをしなくても学費がまかなえたから、その分勉強に力を入れて、英語と法律の専門知識を身につけた」

その甲斐あって大手の広告代理店に新卒採用され、仕事上も好成績を積み上げて実力を認められ、順調に出世してきた。

「自慢するわけじゃないが、モテモテだったよ。独身で良い会社に勤めて高い給料もらってると、女の方から近寄ってくる」

秋穂にも容易に想像がついた。まして尊ほど容姿端麗で人当たりがよろしければ、ほとんど入れ食い状態だったろう。

「でも、どうしても本気になれなかった。どこかで信用できなかった。母親に捨てられたことがトラウマになっていたのかも知れない。どの女も、自分が不幸な境遇に転落したら……仕事で失敗して会社をクビになるとか、交通事故で身体が不自由になるとか、そうなったら俺を捨ててさっさと別の男を見付けるんだろう。どうしてもそう思えるんだ」

秋穂は気の毒で言葉もなかった。確かに、子供にとって親は一番最初に愛を求める対象だ。子供を愛さない親はいるが、最初から親を愛さない子供はいない。その親に愛されなかったという心の傷は深く、長きにわたって本人を傷つけるのだろう。

「それが去年、生まれて初めて、心から愛せる女と出会った」

「奥さんですね？」

尊は上着のポケットからスマートフォンを出し、画面に妻の写真を出して秋穂に見せた。

秋穂はまるで手品を見せられているような気がした。薄くて細長い器械が、まるでテレビ画面のように鮮明な画像を映し出すのだ。

「ほのかっていうんだ。知り合ったときはまだ大学に在学中だった」

尊の妻のほのかは、いかにも育ちの好さそうな雰囲気に包まれていた。美しくて品があり、素直で穏やかで優しそうだった。男ならきっと誰でも、大切にしてやりたいと思うだろう。

「ステキな方ですねえ。これで料理が上手いんですもの。金のわらじを履いて探したって見つかりませんよ」

最大級の褒め言葉を送ると、尊は照れくさそうに微笑した。

「ありがとう。俺もそう思うよ」

「こんな素晴しい奥さんが待っていらっしゃるのに、どうして家に居場所がないと思うんですか？」

「……上手く説明できないんだ」

尊はスマートフォンをしまい、またしても深く溜息を吐いた。

「俺は家庭を知らない。だから一つ屋根の下で、夫婦や親子がどうやって暮らせば良いのか、分らないんだ」

尊は目を上げて、すがるように秋穂の顔を見た。

「俺はほのかを愛してる。ほのかも俺を愛してる。それは間違いない事実だ。それなのに、ほのかと一日同じ家にいると、段々居ても立ってもいられなくなる。不安と急かされるような気持ちとイライラとがいっぺんに襲いかかってきて、家に居るのが怖くなる。どうしてそうなるのか、俺にもまったく分らない」

秋穂は両腕を組み、良い知恵を絞り出そうと懸命に考えた。

「何か、奥さんに気に入らないことはありませんか?」

「考えたこともない」

「例えば、奥さんがきれい好きでしょっちゅう掃除するのが、あなたとしては鬱陶しいとか」

尊はきっぱり首を振った。

「俺は四十二まで一人でいたから、多分生活に自分なりの好みはあると思う。しかし、結婚したら家の中のことはほのかの好きにやってもらおうと思ってた。それが多少俺の好みとズレていても、時間が経てば慣れるし。だから、日々の生活でここが気に入らないとか、そういう不満は全然無い」

秋穂は思い切って質問した。

「これまで付き合った女性と、同棲した経験はありますか？」

尊はまたしてもきっぱりと首を振った。

「全然。そうやってズルズル付き合うと、なし崩しに結婚まで持って行かれそうで、いやだったんだ」

「なるほど」

漠然とだが、秋穂は尊の悩みの原因が見えたように思った。

「ふと思ったんですけど、あなたはこれまで家族と一緒に暮らしたことがないんですよね？」

「うん。両親と別れたときはまだ赤ん坊だった」

「そのせいじゃないでしょうか」

尊は苦しげに顔を歪めた。

「そんな、身も蓋もないことを言われたってどうしようもないよ。俺の過去は変えようがないんだから」

「そういう意味じゃありません。最初から完璧を目指さないで、一番ハードルの低いところから始めて、徐々に上げていったらどうかって思ったんです」

尊は真意を問いかけるように、黙って秋穂の目を見返した。

「まずは、恋人気分で週一回デートする。もちろん、同じ家には住まないで、あなたがマンションでも借りて別居します。それに慣れてきたら、今度は愛人気分で、週何回か奥さんの家を訪ねて、たまには泊まってみる。まあ、通い婚ですね。それでお互い納得できたら、無理して同居に踏み切らないで、別居結婚しても良いと思うけど、一度くらい同居婚にチャレンジするのも良いかも知れないですね」

秋穂が「通い婚」や「別居婚」を提案したのはただの思いつきではない。実例を知っているからだ。

谷岡匡の息子の資は秋穂と同い年で、大学を卒業しても就職はせず、父の経営する古書店を継いだ。そして趣味の映画好きが高じてシナリオ学校に通ったりと、まるで楽隠居のように暮らしている。

その資は高校の同級生だった砂織と結婚し、樹を筆頭に一男二女に恵まれた。砂織は学生時代から離島教育に情熱を燃やし、教員免許を取得すると伊豆の離島の小学校に赴任した。つまり、新婚早々、資とは別居結婚に踏み切ったのである。

ちなみに、女手一つで教職と三人の子育てを両立させるのはさぞ大変だったと思われるが、本人は「学校の隣が教員用住宅だから、それほどでも」と、ケロリとしていた。

資と砂織は夏休みや冬休みを利用して葛飾の自宅と離島を行き来した。子供達は中学校までは島で砂織と暮らし、高校からは都内の学校に進学して資と暮らした。当然ながら、資は三人の子供達が大学へ進学するまで、毎日の弁当作りから掃除洗濯まで担当した。

砂織は今も離島で教員生活を続け、現在教頭を務めている。島で初の女性校長になる日も近いと言われている。

定年後は新小岩に戻って資と同居生活を送る予定で、二人ともその日を楽しみにしていた。

もちろん、資と砂織の選択を非難する人はいた。ことに砂織には世間の風当たりが強かった。しかし、二人は愛と信頼で困難を乗り越え、銀婚式を過ぎた今も、夫婦仲は円満なのだ。

だから秋穂は、夫婦の間に愛と信頼があるなら、生活の形式は関係ないと信じている。

尊は腕を組んで考え込んでいたが、やがて顔を上げて呟いた。

「……女将さんの言うとおりかも知れない」

「二人の気持ちが通じているなら、形式にこだわらなくて良いと思うんですよ。別居婚でも通い婚でも、二人で一番しっくりくる形を選べば良いんですから」

秋穂は尊を見て、諭すように言った。

「今日、私に打ち明けたようなことを、奥さんに話しましたか？」

「いや……。上手く言えなくて」

「今日は上手く言えたじゃありませんか。同じことを奥さんに話してあげて下さい。そして、一生懸命頼むんですよ」

秋穂は胸の前で手を合せ、芝居がかった声を出した。

「僕は君を愛している。君を失ったら僕の一生は真っ暗闇だ。僕は君と生涯を共にしたい。だから僕に家庭生活の確かなイメージが出来るまで、この実験に協力してくれ」

尊は笑わなかった。怖いくらい真剣な顔で何度も頷いた。

「ありがとう、女将さん。助かったよ。やってみる」

「ご健闘をお祈りします」

尊を送りだそうとしたとき、不意に匡の悩ましげな顔が目に浮かんだ。余計なお節介でひと組の夫婦の危機は回避される模様だ。しかし、もう一人の青年の受難は如何ともししがたい。

「何か心配事？」

「ちょっと」

「話してよ。今度は俺が聞く番」

尊が気軽な口調で言った。

樹のことは、秋穂が手を出せる問題ではない。それでも前途有為な青年の将来が、理不尽にねじ曲げられようとするのを座視するしかないとは、歯がみしたい気持ちだった。

「余計なお節介とは分ってるんですけど、うちの店の古くからのお客さんのお孫さんがね……」

およその事情をつい打ち明けてしまったのは、尊が好感度抜群だったこともあるが、おそらくこの先一生会うことのない他人だという気安さがあったからだろう。

尊はほとんど口を挟まず、同情を込めた顔つきで、何度も頷きながら聞いてくれた。

話し終わったときは、秋穂も少し気が晴れていた。心の裡を吐き出すだけで、人は結構ストレスを解消できるものだ。

「……俺も、女将さんの意見に賛成だよ」

尊は憤然とした口調で断言した。

「その人、絶対に研究室辞めて、独立すべきだと思うよ。これまで何冊も本を書いた実績があるのに、教授に頭押さえられて売り時を逃すのはもったいないよ」

「研究室を途中で辞めて、大丈夫かしら」

「大丈夫だよ。読者は肩書きで本買うわけじゃない。例えば谷岡樹って人は博士課程の途中で研究室飛び出したけど、今や押しも押されもせぬ江戸歴史研究の第一人者で、A財団学芸賞もK記念学芸賞も授与されたし、何よりベストセラー連発してるじゃない」

秋穂は一瞬耳を疑った。今、確か谷岡樹と言ったような……。

「ああ、谷岡樹って、江戸時代の歴史研究者。歴史のジャンルでいっぱい本書いてて、映画化もされたし、すごい売れてるんだよ。『そろばん忠臣蔵』って去年公開された映画、観た？」

秋穂は衝撃のあまり口が利けなかった。谷岡樹が？ これは同姓同名の他人の話だろうか？ それとも自分は今、白昼夢でも見ているのだろうか？

「……つまり、その人、研究室を飛び出して正解だったのよね？」

「大正解。あのまま研究室でくすぶってたら、今の谷岡樹はなかったよ」

同姓同名の他人でも白昼夢でも構わない。もしかしたら樹を哀れんで、神の使いの色男が店に舞い込んできたのかも知れない。

「ありがとうございます。明日、お客さんが来たら、その話をしてみます」

「こちらこそ、ありがとう。女将さんのアドバイスで上手く行ったら、俺たち夫婦の恩人だよ」

尊はカウンターに一万円札を載せ、引き留めるいとまも与えずにさっと店を出て行った。

あの人、本当に神様のお使いかも知れないわ。

秋穂は尊の出て行ったあたりを見て、柏手(かしわで)を打った。


一日に二度も訪れた店なので、道を間違えるわけはないのに、目指す居酒屋は見つからなかった。

ルミエール商店街のアーケードを途中で右に曲がり、路地の一つ目の角で左に曲がる。レトロなスナックと焼き鳥屋に挟まれて控えめな赤提灯(あかちょうちん)が下がっていたはずなのに、目の前にあるのは整骨院のシャッターだった。

尊は焼き鳥屋の引き戸を開けて中を覗き込んだ。カウンターの中には七十代と思(おぼ)しき主人夫婦、こちらに背中を向けて四人の先客が座っていた。客の一人は壮年らしいが、他の三人は老人で、中の一人は女性だった。

「あのう、すみません」

尊が店内に足を踏み入れると、三人の老人がこちらを振り向いた。その顔ぶれには何となく見覚えがあった。頭のはげ上がった老人と、顎髭（あごひげ）を生（は）やした老人、そして短い髪の毛を薄紫色に染めた老女……。

「米屋さんという居酒屋を知りませんか？　確か、この路地にあったと思うんですが」

三人の老人と主人夫婦が、顔を寄せ合って声を潜め、何かを囁（ささや）きあった。一番端の席に座っていた壮年の客が、怪訝そうに尊を振り返った。

「谷岡樹先生ですか？」

面識はないが、テレビや雑誌でよく見かける顔だった。

「はい、谷岡ですが？」

「初めまして。私は伝宝堂（でんぽうどう）の片平と申します。以前、弊社の中川（なかがわ）が大江戸歴史シンポジウムで先生のお世話になりまして……」

「ああ、あの時の」

樹は尊の部下の顔を思い出したらしく、小さく頷いた。

「片平さんでしたか……あなた、今、米屋さんと仰（おっしゃ）いましたね？」

「はい。先月、女将さんに大変お世話になったので、お礼を言いたくて」

樹は神妙な顔つきで言った。

「米屋の女将さんは亡くなりましたよ。もう三十年も前に」

「ええっ⁉」

尊は我知らず、調子の外れた木管楽器のような声を上げた。

「そ、そんなバカな！　私は二回も店に行ってるんですよ。酒も呑んだしつまみも食べたし、おまけに女将さんに人生相談までしてもらったんです。あれが現実じゃないって言うんですか？」

樹は哀しげな顔で溜息を吐き、隣の席の顎髭を生やした老人に言った。

「親父、おばさんはどうして俺の前には出てきてくれないんだろうね。俺だって改めて礼を言いたいこともあるのに」

わけが分らずその場に棒立ちになっている尊に、樹が穏やかな目を向けた。

「私が今日あるのは米屋のおばさんのお陰なんですよ。大学の研究室で、指導教授に睨まれて身動きもとれなくなっていたとき、独立して本を書けって勧めてくれたんです。そうやって自分で道を切り開いて成功した学者は他にもいる、だからあなたも大丈夫だって。私はおばさんの言葉に背中を押されて、研究室を飛び出しました。それから運に恵まれて、今日まで執筆活動を続けています」

尊は何か言おうとしたが、衝撃のあまり言葉が出てこなかった。

「もし、何かであなたの役に立てたんなら、おばさんはきっと喜んでるでしょうね。優しくて気っ風の良い人でしたから」

樹の言葉が耳の奥の方で聞こえた。

すると、もしかしたらあの夜自分の話したことが、いくらか秋穂の役に立ったのかも知れないと、ぼんやり頭に思い浮かんだ。

「女将さん、ありがとう。役に立てて良かったよ」

尊は心の中でそっと囁き、静かに手を合せた。

第四話

偏食のグルメ

秋穂(あきほ)は遠くで名前を呼ばれたような気がして、ゆっくり目を開けた。

……あら、いやだ。

茶の間で午後のワイドショーを見ていたはずが、ちゃぶ台に突っ伏しているではないか。いつの間にやら眠っていたらしい。

見ればテレビは消えていて、時計の針は四時半を回っている。急いで仕込みにかからないといけない。

しかし秋穂は「ふぁ～あ」と欠伸(あくび)しながら大きく伸びをした。

まずは仏壇の前に座り、正美(まさよし)の遺影に線香を上げ、手を合せた。今日も無事に店を開けられる感謝を込めて。そして、今日も一日無事に過ごせますようにと願いを込めて。

「ビール」

水ノ江時彦(みずのえときひこ)はおしぼりを使いながら注文した。最初はビールと決まっている。つまみはいつもお任せだ。

「今日、鮭の酒蒸し梅胡麻だれって料理があるけど、後で食べる？」

「美味いかい？」

「多分。鮭と日本酒とバターだから、外れはないと思うわ」

「じゃ、もらおう」

時彦がその日の口開けの客だった。釣り道具屋の主人で、正美の釣り道具はほとんどが水ノ江釣具店で買い揃えたものだ。息子の太蔵とは親友で、釣り仲間でもあった。親が時彦で息子が太蔵とは名前が逆のようだが、時彦の母が往年の美男俳優岡田時彦の大ファンで、息子に同じ名前を付けてしまったのだという。

「バカなお袋のせいで、名前負けして随分苦労したぜ。だから俺は息子には余計な苦労をさせないように、ちゃんとした名前を付けてやったんだ」

酔っ払うとそのセリフが出てくるが、正美も秋穂も、初めて聞くような顔で聞くことにしていた。

太蔵は太蔵で「時代劇みたいな名前付けられて、子供の頃は恥ずかしいのなんのって」とこぼしているのだが。

「おじさん、最近、掘り出し物は見つかった？」

「いや、さっぱりだ。思わず喉から手が出そうな代物は、値が張りすぎて手も足も出ねえや」

時彦は、実はあまり釣りに興味がない。しかし、和竿のマニアでコレクションをしている。他の骨董品と同じく和竿にもマーケットがあるのだ。秋穂も何度か見せてもらったことがあるが、漆塗りの細い竹の竿は細かな細工が施されて非常に美しく、釣り竿というより美術工芸品だった。

時彦から和竿の話を聞かされるうちに、門前の小僧よろしく「穂先」「穂持ち」「手元」「へび口」「口栓」「すげ口」など、和竿用語も覚えてしまった。

お通しのシジミの醬油漬の後は、煮込みと決まっている。お次はアサリの酒蒸しか春雨スープにすることが多いのだが、今日はタコのカルパッチョを解凍したのでそれを出す。

茹でダコは解凍しても食感が変らないので、安売りの時にまとめ買いしておく。薄切りして一人前ずつフリーザーバッグに並べ、オリーブオイルをかけて冷凍しておく。必要なときに解凍し、塩胡椒とレモン汁で味を付け、パセリのみじん切りを散らせば〝なんちゃってイタリアン〟の完成だ。

時彦はタコを一切れ、箸でつまんで口に放り込んだ。ゆっくり噛んで、しっかり味わう。

「ふうん。刺身とは違うが、これもいけるな」

「でしょ。レストランなら冷えた白ワインでも出すところだけど、うちじゃ日本酒の冷やかしら」

時彦はニヤリと笑った。

「分ったよ。冷や、一合」

「毎度あり」

そこへ悉皆屋の沓掛音二郎と美容院リズの店主井筒巻が入ってきた。

「いらっしゃい。おばさん、今日は早いのね」

「常連さんの予約が飛んだんでね。あたしはもう、店仕舞い」

左手をひらひら振ると、指輪のダイヤが電灯を反射してキラリと光った。

「ホッピー」

「ぬる燗」

巻は時彦の前に置かれたカルパッチョに目を留めた。

「今日は珍しいものがあるね」

「タコのカルパッチョ。イタリア風のお刺身だけど、食べる？」

「ちょうだい」

「俺も」

酒が出ると、巻と音二郎は日本酒とホッピーで軽く乾杯した。猪口(ちょこ)を干してから一息ついて、巻が言った。

「秋ちゃん、真咲(まさき)がじゃが芋送ってきたの。明日、お裾分(すそわ)けもってくるわね」

真咲は巻の孫で、結婚して北海道で暮らしている。一昨年、双子を出産した。

「あら、嬉(うれ)しい。ありがとう」

秋穂はお通しのシジミの醬油漬と煮込みの器をカウンターに置いて尋ねた。

「マコちゃん、忙しくしてるんでしょ。元気かしら?」

「まあね。丸一年産休取ったし、向こうのお母さんがすごく良くしてくれるっていうから、安心よ」

真咲は女医で、夫は医学部の同級生だった。札幌(さっぽろ)の大きな私立病院の跡継ぎなので、卒業後は夫婦揃って夫の実家が経営する病院に勤務している。夫の母は真咲が心置きなく医療に専心できるように、結婚してからは一切の家事を引き受けてくれているという。

その話を聞いたときは、秋穂は思わず「お幸せねえ」と溜息(ためいき)を吐(つ)いた。巻も小巻(こまき)も同時に頷(うなず)いて「ホントに、鳶(とんび)が鷹(たか)を生んだよねえ」と感慨深げに漏らした。

母の巻と同様、小巻も娘の真咲を連れて夫と離婚し、美容院リズで働きながら真咲を育ててきた。気の強さは祖母と母譲りだが、明晰で優秀な頭脳は誰から受け継いだのか、未だに謎だった。

「別れた亭主は高卒で、顔が良いだけが取り柄の、女たらしのろくでなしだったのに」

とは小巻の証言だ。

「でも、何より健康に育って、本当に良かったわよね」

秋穂は子供の頃の真咲を思い出して、しみじみと言った。

真咲は飛び抜けて優秀だったが、その反面、食べ物の好き嫌いが多くて食も細く、身体が弱かった。肉も魚も野菜も嫌いで、ようやく食べられるのがご飯とうどんと食パンに卵とバターと牛乳という有様で、巻も小巻も真咲にどうやって栄養を摂らせるかで、毎日苦労していた。

それでも成長するにつれて、徐々に食べられる食材が増えていった。初めて刺身を口にした日は、巻が喜んで米屋に報告に来たほどだ。

真咲は北海道大学医学部に合格してからは当地で自炊生活を送った。そして無事に卒業し、結婚して出産したのだから、偏食もかなり改善されたのだろう。それでなければ、お姑さんの作ってくれる食事が食べられない……。

「はい、お待ちどおさま。カルパッチョね」

そんなことを思いだしているうちに、タコが解凍していた。

「……洋風のタコ酢だな、こりゃ」

カルパッチョを嚙みながら、音二郎が言う。

「日本酒との相性は悪くないわ」

巻は猪口を空にした。

「秋ちゃん、ぬる燗にしてくれ」

時彦が二杯目の日本酒を注文した。見れば、カルパッチョは一切れしか残っていない。

「おじさん、そろそろ鮭の酒蒸し、作るわね」

「ああ。そうしてくれ」

巻も音二郎も揃って秋穂を見た。

「鮭って何だ？」

「新作。酒蒸しにして梅胡麻だれかけるの」

「ふうん。せっかくだから、俺にもそれを一つ」

「あたしももらうわ」

「はい、ありがとうございます」

秋穂は冷蔵庫から生鮭の切身を取りだした。塩を振って十分ほど経つと臭味の元になる汁が出てくるので、しっかり拭き取っておく。後は簡単だ。ネギと人参の薄切りを敷いた皿に鮭を置き、酒を振ってバターを一片載せ、ラップしたら、電子レンジで七分ほどチンするだけでいい。ラップをしたまま三分ほど置くと、余熱で鮭に火が通る。野菜を切るのが面倒だったらモヤシでＯＫだ。

梅胡麻だれは文字通り梅肉とゴマ油、醤油、みりん、水を混ぜ合わせ、白煎り胡麻を混ぜるだけ。たれはその日の気分で和・洋・中、好きに変えられる。面倒だったら醤油を垂らすだけで美味しい。

まずは時彦の皿を先にレンジに入れる。レンチン料理も、一人で切り盛りしている居酒屋には、心強い味方だった。

「見た目が豪華だな。宴会料理に見えるよ」

鮭の酒蒸しの皿を前に、時彦が感心したように言った。

「本にも書いてあったわ。電子レンジで調理して一番豪華に見えるのは、魚の蒸し物だって」

「こんなもんがボタン一つで出来るたあ、狐につままれたようだ」

時彦は梅胡麻だれのかかった鮭の身を割箸で剝がし、口に入れた。

「……梅が効いてるせいかな、和風の味だ。バターでもうちっとこってりしてるかと思ったが、意外とサッパリ喰えるわ」

「夏の暑いときにも良いかもね。鮭なら一年中あるし」

秋穂は巻の皿をレンジに入れて尋ねた。

「マコちゃんは、鮭は食べられるのよね？」

「青魚以外はだいたいね。鯛とか平目とか、上品な白身が一番抵抗なく食べられるみたいだけど、ブリやマグロも火を通せば何とか」

「里帰りしたら、酒蒸し食べさせて上げたら？　レンチンだから、作るのも簡単よ」

「そうだねえ……」

巻は猪口に徳利を傾けたが、出てこない。逆さにして振りながら「ぬる燗、一合」と告げた。

音二郎の席を見ると、「中身」を追加しホッピーのグラスはすでに空になっている。

「おじさん、ホッピー、お代りします？」

音二郎はホッピーの瓶を眺めて少し考えた。

「そうさなあ……。俺もぬる燗にするわ」

「はい。ありがとうございます」

秋穂は徳利を二本、薬罐のお湯に沈めた。

「おじさん、最近、面白い注文あった？」

「面白いと言うよりは、もったいねえ方かなあ」

音二郎は口に入れたタコのカルパッチョを嚙みしめた。

「若い頃誂えた羽織が派手になったんで染替えたいって注文だが、それがまた捻り輪文様の、いかにも江戸っ子の好みそうな絵柄で、朱色の色目も鮮やかで可愛いのさ。もし女のお孫さんでもいたら、子供用の着物に仕立て直してやればと思ったが、ま、余計なことは言わぬが花よ」

「そう言えば最近、羽織を着てる人を見かけなくなったねえ」

巻がシジミの最後の一粒を殻から外して言った。

「そもそも着物着てる人が少なくなったし」

秋穂は薬罐から徳利を取り出し、水滴を拭いて巻と音二郎の前に置いた。

「でも、言われてみれば羽織を着てる人、いないわよね。和装コートや道行きは見かけるけど」

「染替えするくらいだから、そのお客さん、羽織を大事にしてるんだね。感心なことだ」

そう言って巻は手酌で酒を注いだ。

「おじさん、そういうときは薬品で派手な色だけ抜くの?」

「いや。そうすると文様も一緒に消えちまう虞がある。上から色をかけるんだが、あんまり濃い色を使うと文様が目立たなくなるんで、この時は緑か紫に絞った……」

緑色の染料を使うと朱色は茶色っぽく、黄色は黄緑っぽく変色し、紫色の染料では朱色は臙脂色っぽく、黄色は茶色っぽく変化する。

「染め上がりはおよその見当はつくが、仕上がるまではハッキリ何色とは言えねえ。それで何色っぽくって言い方になる。そこら辺を分ってくれるお客さんじゃねえと、注文はお断りだ。後々トラブルになるんでな」

そのお客さんは紫色を選び、仕上がりをたいそう気に入ってくれたという。

「私、おじさんの話聞いてるうちに、結婚するとき作ってもらった着物、染め直そうかと思って」

「おや、良いじゃない。やってもらいなさいよ。着付けはうちでやって上げるから」

「誰か結婚する人いないかしら。そうすれば張り切って着て行けるんだけど」

「そんな便りを待ってないで、どっかの結婚式場に親戚みたいな顔して紛れ込んでくれば良いじゃないか」

「いやあねえ。ご祝儀泥と間違えられたらどうするのよ」

秋穂はぶっ真似をして、時彦を睨んだ。

「う〜ん、カレーとチーズのマリアージュがお口の中でとろけて、気分はもうタージ・マハールです」

加古川美麻はスプーンを片手に持ったまま、うっとりと目を細め、可愛く肩を震わせた。

「はい、ＯＫ！」

ディレクターの声で、美麻はスプーンを皿に戻した。チーズをトッピングした焼きカレーは、カレーとチーズが互いの主張を譲らずに張り合って、辛くてしつこいとしか感じられなかった。そもそもカレーもチーズも嫌いなのだ。その二つを同時に食べなくてはならないとは、なんたる災難だろう。

しかし人気のグルメリポーターたる者、そんな素振りはおくびにも出さない。思い付く限りの美辞麗句をひねり出して、全身全霊で料理を褒め上げる。その努力が功を奏して、今日の地位を獲得したのだ。

このカットでロケは終了した。

「お疲れ様でした」

スタッフに挨拶していると、ディレクターが近寄ってきた。

「一応渡しとくよ。来月の資料」

Ａ４判の書類封筒を手渡された。中を覗くと大手家電メーカーのＩＨ調理器のパンフレットだった。

この家電メーカーがメインスポンサーとなって、来月から料理対決番組がスタートする。同社製のＩＨ調理器を使用して調理するのが売りだった。美麻はその番組の審査員の一人に選ばれていた。

「食レポは今更言うことないけど、出来ればＩＨの宣伝もちょっと入れてよ。火の通し加減が絶妙とか」

「これがＩＨなんて、信じられません！　香港で食べたコークスのかまどで作ったチャーハンみたい！……ですね？」

美麻がすかさずアイデアを出すと、ディレクターは嬉しそうに頷いた。

「うん、それ、それ！　その調子で頼むよ」

「はい、頑張ります！」

美麻はペコリと頭を下げ、足早に現場を後にした。「飯でもどう？」なんて誘われたら困るからだ。

駅に向かう途中、自動販売機でペットボトルの水を買い、一気に五百ミリリットルを飲み干した。空のペットボトルはちゃんと隣接のゴミ箱に捨てる。ポイ捨てを動画に撮られてSNSで拡散されたら、タレント生命の危機だ。

スマートフォンをかざして駅の改札を抜け、トイレに駆け込んだ。そして、喉に指を突っ込んで胃の中の物を吐き出した。

食レポの後におう吐するのは、もはや美麻の生活習慣と化していた。嫌いな食べ物が消化されて身体から排泄されるまで、待ちきれないのだ。二十分ほどで、ほぼ胃は空になった。

美麻はトイレを出ると洗面所で手を洗い、バッグに常備している歯磨きセットで歯を磨いた。

まったくもう、新小岩のカレー屋なんか、美味いわけないのに、バカみたい！

心の中で毒づいて、再び改札を抜けて駅を出た。

家に帰って食事を作るのは面倒だった。どこか適当な店で、当たり障りのないものを腹に入れることにした。

長いアーケード商店街の途中で右に曲がり、路地の最初の角を左に曲がった。

レトロなスナックと焼き鳥屋に挟まれて、赤提灯が遠慮がちに灯っていた。「米屋」という冴えない看板が掛かっている。見るからにシケた居酒屋だった。

ここなら気の利いたものは置いてないわね。ビールかホッピーに冷や奴ともろきゅうでも頼めばＯＫよね。

美麻は曇りガラスのはまった引き戸を開けた。

「いらっしゃいませ」

予想通り、カウンター七席のシケた店だった。何のまじないか、店内の壁いっぱいに魚拓がベタベタ貼ってある。

先客が三人いた。いずれも老人だった。

「どうぞ、空いてるお席に」

カウンターの中から五十くらいの女将が声をかけた。パーマをかけていない髪はショートカットでノーメイク、白い割烹着姿だった。飾り気はないが、サッパリした人好きのする顔をしていた。

「ええと、ホッピー」

女将はまずおしぼりとお通しを出した。シジミの醤油漬を見て、美麻は顔をしかめた。

「ごめんなさい。私、貝、ダメなの」

美麻が器をカウンターの台に戻すと、秋穂は笑顔で問い返した。

「お客さん、卵は召し上がれますか？」

「ええ、生じゃなければ大丈夫」

秋穂はホッピーの瓶と焼酎(しょうちゅう)の入ったグラスを美麻の前に置いてから、味玉を器に入れて出した。

「うちの味玉、少しカレー粉が入ってるんです」

美麻はまたしても顔をしかめた。

「悪いけど、カレーもダメなの」

「あらあ、残念。それじゃ、お出汁(だし)のゼリー、召し上がりますか？」

「お出汁のゼリーって？」

「おすましをゼラチンで固めただけ。昆布と鰹(かつお)の出汁で、お醬油とみりんで味付けた以外、余計なもんは入っていません」

美麻はホッとした顔で頷いた。

「いただきます」

「仕上げにぶぶあられとミントの葉っぱを載せるんですけど、大丈夫ですか？」

「ミントは、結構です」

「はい。お待ち下さい」

秋穂がお出汁のゼリーの器を美麻の前に置くと、巻が意味ありげに目配せした。「うちの真咲と同じだねえ」とその目が言っていた。

「ああ、美味しい。ホントにサッパリしてて、食べやすいわ」

美麻は口に入れたゼリーをツルリと喉に滑らせた。

「私、匂(にお)いの強いものダメなの。カレーもニンニクもハーブも……茗荷(みょうが)とか大葉とかパクチーとかね」

「私の知合いにもそういう方、いますよ」

秋穂は穏(おだ)やかに相槌(あいづち)を打った。

「給食の時、大変だったでしょう？」

「そうでもなかったわ。嫌いなものは食べなくても良かったの。昔は残しちゃいけないとか言われたみたいだけど、今は親の権利意識がすごいから、無理に給食食べさせたりしたら大変よ。すぐ教育委員会に訴えられるし」

美麻はゼリーをペロリと完食してしまった。胃の中はほとんど空っぽなので、ゼリーに触発されて食欲が湧(わ)いてきた。

「ええと、冷や奴あります？」

「はい。薬味のネギと生姜は大丈夫ですか？」

「ええ。その二つだけは何とか」

秋穂は突然米屋に現われた、およそ場違いな雰囲気の女性客が、ちょっぴり気の毒になった。食べ物の好き嫌いが多いと、社会に出てから苦労する。人と同じものが食べられないと、誰かと食事するのは苦痛だろう。「同じ釜の飯を食う」という表現があるくらいで、人間関係の形成に、同じものを共に食べるという経験が占める割合は大きい。それなしで人間関係を作ってゆくのは、随分としんどいことだと思われた。

「ホッピー、お代り下さい」

グラスは空になり、冷や奴も半分以上食べてしまった。しかし空腹はまだ満たされない。

「お客さん、煮込みはダメですか？」

中身を入れたショットグラスを出して秋穂が訊くと、美麻は情けなさそうに頷いた。

「内臓と羊は苦手なの。ミシュラン三つ星の店でフォアグラ出されたときは、泣きたくなったわ」

秋穂は頭の中で「ミシュランて、いつフランス以外の国の格付け始めたのかしら？」と訝りつつ、気の毒そうに頷いてみせた。

「卵は大丈夫なんですよね。それじゃ、茶碗蒸しでも作りましょうか」

「そうね」

答えてから、美麻はふと思い付いた。

「ねえ、うどん入れて、小田巻蒸し作ってくれない？」

初めて入った居酒屋で、どうしていきなりリクエストをしてしまったのか、自分でも良く分からない。だが、何となくこの店に懐かしいような、不思議な親しみを感じたのだった。

「はい、畏まりました」

秋穂は笑顔で答えてから言い添えた。

「お客さん、もしよろしかったら、台湾風茶碗蒸しを試してみませんか？」

「ああ、春雨と挽肉が入ったやつね。出来るの？」

「うちのは海老と青梗菜とエノキも入ってるんですけど、大丈夫ですか？」

「平気、平気」

言ってみるものだと思い、美麻は嬉しくなった。ロケで台湾に行ったとき、この定番のおかず茶碗蒸しを食べた。とても美味しかったのだが、日本ではまだ食べたことがない。

「二十分くらいかかりますけど、よろしいですか？」

美麻は勢いよく頷いた。

秋穂は冷凍庫から春雨スープの材料と塩そぼろのフリーザーバッグを取りだした。

塩そぼろは豚の挽肉と生姜のすり下ろし、長ネギのみじん切り、酒・みりん・塩を鍋に入れて炒り煮したものだ。炒めてあるので、解凍してそのままおかずにもなるし、簡単に他の料理にアレンジも出来る優れものだ。一かけだけ取って、後は冷凍庫に戻した。

いつもは冷凍のまま調理するが、今日は電子レンジで解凍した。

その間に卵を二個ボウルに割り入れ、泡を立てないようによく溶いた。ザルで漉すと滑らかな仕上がりになる。鶏ガラスープに熱湯を垂らして溶き、水で薄めて卵と合わせ、卵液を作った。

大きめの器に解凍した春雨スープの材料と塩そぼろを入れ、上から卵液を注ぎ、蒸し器に入れた。約十五分で蒸し上がる。

仕上げに醬油ダレをかけ回してから刻みネギを載せ、最後に熱したネギ油をかけて香菜を飾るのが正式な台湾風だが、今日はパクチーはなしで、ネギ油はサラダ油で代用する。

トロリとした優しい卵の味わいが、醬油と油の力強さと混じり合い、日本の茶碗蒸しとはひと味もふた味も違う美味しさが生まれる。ご飯も進む一品だ。

「手抜きで冷凍してるんですよ。いつもはスープにするんですけど、卵に替えれば台湾風茶碗蒸しになるかなと思って」

「ママさん、すごいわ。良く咄嗟に思い付くわね。やっぱり、料理はアイデアよね」

美麻は感嘆したように目を見張った。自分のリクエストに応えて、特別料理を作ってくれることが信じられない思いだった。

「秋ちゃん、そろそろお勘定」

時彦が告げると、音二郎と巻も釣られたように手を挙げた。

「こっちも頼む」

「ごちそうさん」

「ありがとうございました」

秋穂はそれぞれに勘定書きを渡した。みんなご近所なので「お気を付けて」と言うまでもない。

三人が店を出て行くと、客は美麻一人になった。茶碗蒸しが出来るまで所在なく、ディレクターにもらったパンフレットを引っ張り出して眺めた。

「それ、なんですか？」

秋穂はカウンターから身を乗り出した。

「IHクッキングヒーター」

「え？」

聞いたこともない名前だった。

「なんて言ったら良いのかなあ。火を使わないで調理する器械」

美麻がパンフレットを一部抜いて差し出した。秋穂は受け取って、穴が開くほどパンフレットを見つめた。

「ああ、そう言えば、テレビで宣伝していた……」

やっとの事で最近見たCMを思い出した。電磁調理器という名称だったような……。

「でも、これ、あんまり性能良くないんでしょ？　それにお鍋やフライパンもこれ専用のに買い替えないとダメだって」

「いつの時代の話してるの？」

美麻は呆れてひょいと肩をすくめた。

「今のIHはすごいわよ。卓上だって一四〇〇ワット出るし。普通の家庭ならこれで充分。チャーハンだってパラパラになるのよ。ビルトインなら、もっと性能良いんじゃないかしら」

秋穂は驚いてパンフレットを見直した。アルミの鍋が使えないって聞いたけど、あれはウソだったのかしら？

「銀座にあるミシュラン二つ星の高級中華料理店も、ＩＨクッキングヒーターで調理してるのよ。説明受けて本当にびっくりしたわ。野菜炒めはシャキシャキで、鶏のローストなんて、皮はパリパリ、中はしっとり、もの凄く美味しかった。まさかＩＨでここまでのグレードが出せるとは思わなかった。調理器具も日進月歩よ」

美麻は店の中を見回した。

「ママさんも、ガスコンロ買い替える時期が来たら、ＩＨにするのも良いと思うわよ。火を使わないから火事を出す心配がないし、こういう古いお店は安心じゃないかしら」

秋穂はパンフレットを食い入るように見つめた。意外にも、思ったほど高くない。

「どうぞ、差し上げるわ」

「よろしいんですか？」

「ええ。こっちの分はあるから」

「すみませんねえ」

秋穂は伝票を入れてあるカウンターの抽斗（ひきだし）に、パンフレットをしまった。その時、ちょうどキッチンタイマーが鳴った。

「蒸し上がりました」

蒸し器から器を取り出し、温めておいた醤油ダレをかけた。ネギのみじん切りを散らし、最後に熱したサラダ油をかけると、パチパチと油のはぜる音が景気よく響いた。

「お熱いので、お気を付けて」

大皿に載せ、レンゲを添えて出すと、美麻は器に顔を近づけて、醤油の香りを吸い込んだ。

「ええと、飲み物、何が良いかしら？」

「茶碗蒸しが熱いですからねえ。冷たい物がよろしいと思いますよ。ビールとかチューハイとかハイボールとか」

「……それじゃ、レモンハイ」

レンゲで卵をすくい、口に入れると、あっという間にふるふると優しくとろけてゆく。卵の黄色の下から、透明な春雨、赤い海老、桃色の挽肉、緑の青梗菜、ベージュ色のエノキが顔を覗かせている。

「美味しい……」

茶碗蒸しを一口食べては、レモンハイを一口呑んで舌を冷やす。そしてまた熱々の茶碗蒸しを口に含む。この往復運動を永遠に続けていたいと感じる、至福の時だった。

「ああ、美味しかった」

優に三人分はある茶碗蒸しを、美麻はゆっくりと食べ終わった。ボリュームたっぷりで満足感はあるが、胃に優しい軽い料理なので、満腹とまではいかない。せっかくだから、この感じの良い店でシメの一品を食べてしまおう。どうせ家に帰っても、コンビニのおにぎりか冷凍うどんしかないのだし……。

「ママさん、すごく美味しかった。シメに何か食べたいんだけど、お勧めはある？」

「そうですねえ……」

秋穂は額に手を当てて考え込んだ。とろろ昆布の餡かけおかゆなら気に入ってくれると思うが、今から作るのは時間がかかりすぎる。うどんやそばならすぐ出来るが、香味野菜が苦手らしいから、トッピングが難しい……。

「塩昆布は食べられますか？」

「ええ。大好きよ」

「それじゃ、塩昆布のスパゲッティは如何です？」

「パスタで塩昆布？　どうやって作るの？」

美麻は少し呆れた声を出した。塩昆布は温かいご飯かお茶漬けと相場が決まっているのに、パスタなんて聞いたことがない。

「スパゲッティを固めに茹でて、オリーブ油をかけて塩昆布と混ぜるだけです。塩胡椒も何もなし。食べてみると信じられないくらい美味しいですよ」

これは亡き夫正美の自慢料理だった。刺身は得意だが火を使った調理には手を出さなかった正美が、唯一作ったのがこの塩昆布スパゲッティだった。

あれはもう十五年くらい前だろうか。早い時間に予約が入って店を開けたので、二人とも賄いを食べそこなってしまい、店を閉めた後は猛烈に腹が減った。巻が旅行土産に京都の美味しい塩昆布をくれたので、それでご飯を食べようとなったのだが、生憎ご飯は全部お客に出して、ジャーは空っぽだった。

「飯炊けるまで待ってらんない！」

正美は急に閃いたらしく「俺に任しとけ」と立ち上がった。そして買い置きのスパゲッティを茹で、オリーブ油をかけて塩昆布と和えたのだった。

「これ、変じゃない？」

「いや、絶対イケるはずだ」

恐る恐る塩昆布和えのスパゲッティを口に入れた途端、秋穂は絶句した。

美味いのだ。塩昆布の深い旨味がオリーブ油と溶け合い、固めに茹でたスパゲッティにしっとりとからんでいる。まさに日伊合作の傑作だった。

「……と言うわけで、騙されたと思って食べてみて下さい」

スパゲッティを茹でながら秋穂は塩昆布スパゲッティ誕生の秘話を披露した。

「そうねえ」

美麻は腕組みして考え込んだ。

「そう言えば、塩昆布うどんは食べたことあったわ。普通のかけうどんに塩昆布が入ってるのと、釜玉に塩昆布が入ってるの。どっちも結構美味しかったから、うどんとの相性は良いのよね。そんならパスタもいけるかも……」

独り言を呟いているうちに塩昆布スパゲッティが出来上がった。

「はい、どうぞ」

秋穂は湯気の立つ皿を美麻の前に置いた。

「フォークもありますけど、ここはお箸でズズッとやった方が美味しいですよ」

美麻は新しい割箸を割り、スパゲッティを挟むと、口に運んでざる蕎麦のようにすすり込んだ。

「……美味しい！」

「でしょ」

秋穂はやや得意気に胸を反らせた。正美の思いつき料理は、この美人の胃袋をつかんだらしい。きっとあの世で大喜びしていることだろう。

「レモンハイ、お代り」

空になったグラスを指して、美麻は再びスパゲッティを頬張った。

「……ふう」

美麻は箸を置き、溜息を吐いた。何の期待も抱かず入った……と言うより最初からバカにしていた店で、これほど美味しいものにめぐり逢い、豊かな時間が過ごせるとは思わなかった。

「おそまつさまでした。きれいに食べてもらって感激」

秋穂は大きめの湯飲み茶碗にほうじ茶を注いで出した。

美麻は湯飲み茶碗を両手で包み、息を吹きかけた。香ばしい香りが鼻先をくすぐり、両掌から全身にぬくもりが伝わってゆく気がした。すると、急に鼻の奥がツンとして、胸にわだかまっていた塊が口から飛び出した。

「私ね、偏食なの」

今更告白してくれなくても十分承知だが、秋穂は黙って頷いて先を促した。

「子供の頃から好き嫌いが多くて……嫌いなものがいっぱいあって、好きなものはほんの少し。子供の頃は食べられるものを探すので、毎日精一杯だった」

「そういうお子さん、いますよね。うちのお客さんのお孫さんも、肉も魚も野菜も嫌いで、ご飯とうどんとパンと卵くらいしか食べられない時期がありましたよ」

秋穂は子供の頃の真咲を思い出した。

「でも、成長するに従って、段々食べられるものが増えていきました。お客さんも、昔よりは少し食べられるものの種類が増えたんじゃありませんか？」

「ええ。我慢すれば何とか食べられるものは増えたわ。でも、好きなものが増えたわけじゃないのよ」

美麻の言葉は秋穂の心にずしりと重く響いた。生まれつき好き嫌いがなく、美味しいものは何でも食べたいと思って生きてきた。正美も同じだったし、米屋に集まるお客さんも、基本的に呑兵衛（のんべえ）で喰いしん坊が揃っている。だから食べることが苦痛な人生があるとは、思ってもみなかった。

「それは、ご苦労が続きますねえ」

秋穂は真咲の偏食に同情してはいたが、真咲の身になって考えたことがないのに気がついた。好きな食べ物が数えるほどしかなく、後は我慢すれば食べられる程度に嫌いなものに囲まれて暮らすとしたら、何と味気ないことだろう。

「私は偏食だったその子が、段々いろんな物が食べられるようになって良かったって、単純に喜んでました。でも、その子にしたら、好きな食べ物じゃなくて、我慢すれば食べられるものが増えただけなんですね」

「でも、それでもメリットはあるのよ。大事な人と一緒に食事しなくちゃならない場面って、人生にはけっこうあるから。そんな時、形だけでも食べられれば、その場をやり過ごせるものね」

美麻は過去の大事な食事シーンを思い出した。テレビ番組のロケでフレンチの三つ星レストランを訪れ、フォアグラを出された時も、一口だけ食べて感想を述べ、後は何とかごまかした。あの時、もし一口も食べられなかったら、番組はメチャクチャになり、それ以後仕事をもらえなくなっただろう。

「私ね、グルメリポーターやってるの」

秋穂に同情のこもった目で見つめられると、美麻はすべてを告白したい衝動に駆られた。

「お料理の紹介をするお仕事？」

美麻は激しく首を振った。

「料理をダシに自分を売り込む仕事よ」

吐き捨てるような口調に、秋穂は驚いて美麻を見返した。美麻は唇を噛んであらぬ方を睨んだ。

「グルメリポートには鉄則があって、絶対に料理をけなしてはいけないのよ。どんなに不味くても、どこか良いところを見付けて大袈裟に褒める。その褒め方のユニークさとバリエーションが評価されて、リポーターのランクが決まるってわけ」

　美麻は大袈裟に溜息を吐いた。

「今はグルメ番組花盛りだから、リポーターは大変よ。少しでも自分の色を出してプロデューサーに気に入ってもらわないといけないから」

　ただ美味しいと言っては芸が無い。

「嚙んだ瞬間、肉汁が口にじゅわ～と広がるんですが、それが全然しつこくないんですよ。脂がサラッとしてる感じなんです。やはり大豆で育てた○○牛ならではの特長ですね。臭味も全然ありません。お肉が苦手な人もこれなら大丈夫じゃないでしょうか。食感は弾力があって、フワッとしてるんですけど、嚙むと肉の奥から旨味が出てきて、嚙めば嚙むほど幸せ感ましましです」

　くらいのことを言わなくては失格だ。

「でも、一番成功したのはキャラ立ちで芸風を確立した彦摩呂さんと石ちゃんね。二人とも必殺のキャッチフレーズがあるし……」

秋穂は怪訝（けげん）そうに首を傾（かし）げた。

「あの、その人達は？」

「ほら『お口の中が宝石箱や〜！』って言う人と、『まいう〜』って言う人よ」

美麻は彦摩呂と石塚英彦（いしづかひでひこ）の物真似をやって見せたが、秋穂はまったく要領を得ずにキヨトンとしている。

「不味くても美味しそうな顔しなくちゃいけないのって、大変ですね」

「そうでもないわ。正直、私には美味しくないのが日常なの。だからグルメリポートをやることに抵抗は無かったんだけど……」

「あのう、不味いって言っちゃった人はいないんですか？」

「昔はいたみたい。確かアナウンサーの人が、地方の番組で、一口食べて思わず『こりゃひどい！』って叫んだって聞いたことあるわ」

美麻は楽しそうに笑った。

「あと、俳優さんで『なるほど！』でごまかした人とか、『好きな人には堪（こた）えられない味ですね』って名言吐いた人とか。偉いわよね。不味いと言わずにどうやってまずさを伝えるか」

美麻は表情を引き締めた。

「私、笑われるかも知れないけど、ジャーナリスト志望だったのよ」

「ええと、報道番組なんかで取材する？」

「私は子供の福祉をテーマに取材活動をしたいと思っていたの。児童虐待とか、子供の貧困とか、そういうものをなくして、子供達が幸せに生きられる社会を作るのが夢なの」

「それは、ご立派ですね」

ご立派すぎて、秋穂はかえって戸惑ってしまった。現在携わっている仕事とは、かなりの距離がある。

「私だって分ってるわ。所詮はグルメリポーターのクセに、偉そうなこと言うなって。でも、今の仕事始めたのは、ホントにたまたまなのよ。友達のライターが急病で、私がピンチヒッターでレストランの取材に行ったの。そしたらその記事が編集長の目に留まって、食レポの仕事が舞い込むようになって、そのうちテレビにもグルメリポーターで呼ばれるようになって……」

「わらしべ長者みたいですね」

美麻は一瞬唖然として言葉を失ったが、すぐにプッと吹き出した。

「ホント、言われてみればその通り……」

秋穂は美麻が笑いを納めるのを待って口を開いた。

「ねえ、お客さん、そうやってわらしべ長者になったってことは、今の仕事に適性があるからだと思うんですよ。ご自身も、抵抗は無いって仰っていたし。それでも何か、不満がおありなんですか？」

「虚しくなっちゃったの」

美麻は弱々しく頭を振った。

「別に今に始まったことじゃないけどね。美味しくもないもの食べて、美味しいふりする仕事が、段々重荷になってきたのよ。特に今日……」

最初はそれなりにやり甲斐もあった。数え切れないほどいるグルメリポーターの中で頭角を現わし、重用されるのは嬉しく、誇らしかった。しかし、十年も続けてくると、さすがに息切れしてきた。

今日、大嫌いなカレーとチーズを食べさせられて、ニッコリ笑って美辞麗句を並べていることに、ほとほと嫌気がさした。その直後、偶然入った米屋で意外なほど美味しい物を食べた。これまで積もりに積もっていた不満が一気に押し寄せて、感情のダムが決壊してしまったのだ。

「もう、こんな仕事、辞めたい。昔志した通り、ジャーナリズムの世界に戻りたい」

「何か、当てはあるんですか？」

「分らない。子供の福祉っていうテーマは、広すぎて」

美麻はそう答えたあと、キリリと顔を上げた。

「でも、何か自分なりのテーマを見付けて取材を始めたいの」

秋穂はもう一度真咲のことを考えていた。

「あの、さっきお話しした偏食のお子さん、お医者さんになったんです。それで今、食物アレルギーの研究をしてるんですよ」

「食物アレルギー？」

美麻は真意を探るように問い返した。食物が原因でアレルギー反応を起こすことを食物アレルギーという。

「はい。食物アレルギーのある子は、アレルギーの原因になる物質を抜いた〝除去食〟を食べるのが、今のところ唯一の対処法なんですけど、それを一生続けるのは大変ですよね。それに、家族や友達と同じものが食べられないのは、本人には寂しいことです」

「アナフィラキシーショックのことね。私の友達でそばアレルギーの子がいるけど、そば殻の枕でも発作が起きるから使えないんですって」

「それで、新しく始まった研究というのが、アレルギーの元になる物質を何千分の一になるくらい薄めて、少しずつ摂取していくっていうものなんです。もちろん、医師の立ち会いの下で厳重に管理されてますけど。それを続けていくうちに、ほんの少しずつ、アレルギー物質への耐性がついて、最終的にはごく少量なら摂取しても症状が出なくなるんじゃないか……」

「ああ、それ、聞いたことあるわ」

それは経口減感作（げんかんさ）療法、または経口免疫療法と呼ばれている。日本で食物アレルギーの治療法として大きく注目されたのは、二〇〇七年のことだ。

「彼女、その研究と並行して、偏食にも取り組んでいるんです。自分が偏食で苦労したんで……」

話が核心に近づいてきて、美麻は緊張して聞いている。

「あのう、自閉症とかのお子さんって、偏食が多いそうなんです。偏食っていうより、感覚が普通の人より鋭かったり、こだわりが強かったりで、食べるのが苦手なんですね。ツルツルした食感が苦手とか、反対にパリパリした食感がダメとか、野菜の匂いが青臭くて食べられないとか、今まで食べたことのないものが怖くて食べられないとか、それはそれは、大変なんですって」

秋穂はそこで一息ついて、ほうじ茶で喉を潤した。

「そういう苦手意識を『偏食』でくくってしまうのは可哀想だって、そう言うんですよ。私も同感でしたけど、やっぱりそうだったんですね。今日、お客さんの話を伺って、食べられない人、食べたくない人の辛さが身に沁みましたよ」

美麻は秋穂の言わんとすることが、ぼんやり分ってきた。

「お客さんは子供の福祉をテーマにしたいと仰ってましたよね。そういう、食べるのが苦手な子供達の記事を書くのはどうでしょうか？　その子達はきっと、周囲の無理解で生きづらさを抱えてると思うんですよ。お客さんの記事で世間の理解が広がれば、子供達はもう少し生きやすくなると思うんですけど」

秋穂は美麻の背中を押すような気持ちで締めくくった。

「美味しいものや食べる喜びについて伝える人はいっぱいいるけど、食べられない、食べたくない気持ちを伝える人はほとんどいないでしょう。お客さんなら自分自身のこととして、世の中にそれを伝えることが出来ると思いますよ」

わだかまりが身体の外に流れ出て、空っぽになった美麻の心に、新しい想いが湧いてきた。やっと見付けた、自分の取り組むべきテーマ。それをライフワークに育てたいという願い。

「ママさん、ありがとう。私、自分の進むべき道が見つかったわ」

秋穂はニッコリ笑って頷いた。

「良かったですね」

「ママさんのお陰よ」

「それは買いかぶり。お客さんは心の中で、新しいチャレンジを始める準備が出来ていました。今日のことはほんのきっかけです」

そして、優しく付け加えた。

「ただ、新しい仕事が軌道に乗るまでは、グルメリポーターのお仕事を続けられた方が良いですよ。せっかく人気があるんだから」

「そうね。これからは料理で仕事を選ぶわ。カレーは絶対にお断り」

美麻は楽しげに声を立てて笑った。

その夜は美麻が帰ってからもお客さんがぽつりぽつりと途切れなく訪れ、店仕舞いは深夜を過ぎてからになった。

赤提灯の電源を抜き、店の明りを消そうとして、秋穂は美麻のくれたパンフレットを思い出した。抽斗から出してもう一度じっくり眺めた。

これ、本当にそんなに性能が良いのかしらねえ?

そんなことを思いながら、二階へと階段を上がった。

「変だわ。ここだったはずなのに」

美麻は独り言を漏らして周囲を見回した。

アーケード商店街の途中を右に曲がり、最初の角で左へ折れる。その路地にはちゃんと見覚えがある。右にレトロなスナック、左に焼き鳥屋。その二軒に挟まれて遠慮がちに赤提灯の灯るシケた居酒屋があったはずが、今、目の前にあるのはシャッターの閉まった整骨院だった。

「ウソでしょ。たった二日でお店が消えてなくなるわけないわよね」

ブツブツ口の中で呟きながら、焼き鳥屋の引き戸を開けた。

「あのう、すみません」

美麻は店の中に足を踏み入れた。カウンターの中には主人と女将、先客が三人いる。みんな老人だ。

「この近くに米屋っていう居酒屋さんがあると思うんですけど、私、ちょっと迷ったみたいで……」

カウンターに向かっていた三人の客が、一斉(いっせい)に美麻を振り返った。

「あの……？」

その三人にはどことなく見覚えがあった。きれいに頭のはげ上がった老人と、髪の毛を薄紫色に染めた老女、そして釣り師が着るようなポケットの沢山ついたベストを着ている老人……。

「おねえさん、あんた、米屋に行ったのかい？」

ベスト姿の老人が訊いた。

「ええ、一昨日。店でママさんに親切にしていただいたんで、お礼を言いたくて」

主人夫婦と三人の客は額を寄せ、意味ありげな目つきで頷き合った。

美麻はその態度に不審を覚えたが、黙って答を待っていると、一同を代表して薄紫色の髪の老女が口を開いた。

「驚いちゃいけないよ。米屋はね、三十年前に閉店した。女将さんが亡くなってね」

「うそっ⁉」

美麻は悲鳴のような声を上げた。

「冗談は止めて下さい！　ママさんはとても元気でしたよ！　話だってちゃんとしました。それに、私以外にもお客さんがいましたよ。皆さんにちょっと似てます。頭のはげたお爺さんと、そういうベストを着たお爺さんと、やっぱり同じような色に髪の毛を染めたお婆さんと、三人です」

沓掛音二郎の息子、直太朗が尋ねた。

「みんな、楽しそうだったかい？」

「ええ。いかにも常連さんって感じで、和気藹々でした」

直太朗は太蔵と小巻の顔を見回した。

「秋ちゃんも、親父達も、息災らしいや」

「そうだな。きっと仕事の自慢話でも聞いてもらって、ご機嫌なんだろうな」

「今にして思えば、おっかさんはおじさん達に挟まれて、結構いい気になってたのかも知れないねえ」

「米屋の常連の紅一点だからな」

美麻は老人達の会話を聞いているうちに、身体が震えてきた。

そ、それじゃ、私が会ったあの人は、もしかして……!?

悲鳴を上げる寸前で、美麻は思い止まった。店の主人夫婦と客達ののんびりした会話が、フワフワと美麻の身体を包み込み、芽生えた恐怖を拭い去っていた。

時彦の息子の太蔵が優しく声をかけた。

「お嬢さん、驚いたかも知れないが、怖がることないよ。秋ちゃんは……米屋の女将はいたって気の好い女だから、あんたに祟ったり絶対にしないよ」

「前にも米屋に行ったたって若い人が訪ねてきたけど、みんな、秋ちゃんに感謝してたよ」

直太朗も口を添える。

「もし思い当たることがあったら、秋ちゃんのこと、忘れないであげてね。お嬢さんみたいな若い人が覚えていてくれたら、死んだ者はそれだけで嬉しいはずだから」

最後に巻の娘の小巻が言った。

「分りました」

老人達の言葉は、ストンと美麻の胸に落ちた。

ああ、この人達の言うとおりだ。あのママさんは優しくて好い人だった。あの人のお陰で、私は新しい一歩を踏み出すことが出来た。

「私、あの方のことは一生忘れません。ママさんのことを思い出すときは、お店にいらした皆さんのお父さんとお母さんのことも、一緒に思い出すようにします」

三人の老人は嬉しそうに目を細めた。

「さようなら。お邪魔しました」

美麻は頭を下げて、店を出た。

駅に向かう途中、足を止めて振り返った。すっかり夕闇の降りた新小岩の空の端っこは、パチンコ屋とカプセルホテルのイルミネーションに照らされて、七色に点滅していた。

第五話

炎の料理人

ゴトンと何かが落ちる音がして、秋穂はハッと顔を上げた。

あら、いやだ……。

気がつけば茶の間でちゃぶ台に突っ伏していた。うたた寝していたらしい。昼のワイドショーを観ていたはずなのに、いつの間に寝ていたのだろう。

壁の時計を見ると、もう四時を過ぎていた。店を開ける準備を始めなくてはならない。

嬉しいことに、今日はスーパーで活きの良い鰺の刺身を売っていた。いつか店に来てくれたイタリア料理のお兄さんのアドバイスに従って、今日は鰺のタルタルを作ってみようと思っている。

「さて、始めるか」

秋穂は「う～ん」と大きく伸びをしてから、しゃっきりと立ち上がった。

「こんばんは。二人だけど……」

入り口の引き戸を細めに開け、顔を覗(のぞ)かせた谷岡資(たにおかたすく)は、少し恥ずかしそうに指を二本立てた。

「いらっしゃい。どうぞ」

七時を回ったばかりで、先客は悉皆屋(しっかい)「たかさご」の主人沓掛音二郎(くつかけおとじろう)と「水ノ江(みずのえ)釣具店」の店主水ノ江時彦(ときひこ)の二人だった。

「ああ、良かった。親父がいなくて」

資は後ろを振り返り、連れを店内に誘った。入ってきたのは資と同年代、つまり五十歳くらいの女性だった。資が妻の砂織(さおり)以外の女性と米屋(よねや)に来るのは初めてだった。ちなみに砂織は新婚以来ずっと離島の小学校で教師をしており、資とは「別居結婚」状態だ。

もしかして、砂織さんがいない留守に浮気を……？

秋穂はチラリと心に浮かんだ疑惑をすぐに打ち消した。もしそんな下心があるなら、わざわざ父親始め知合いばかりが常連の店に連れて来るはずがない。

資と女性は隅の席に腰を下ろした。

「いらっしゃいませ。お飲み物、如何(いかが)しましょう？」

秋穂は二人におしぼりとお通しのシジミの醤油漬(しょうゆづけ)を出して、にこやかに尋ねた。

「光子(みつこ)さんは何が良い？　まあ、どうせ大したもんはないけどさ」

「大したもんはないは余計でしょ。資くんはホッピー？」

資が頷くと光子も「じゃあ、私も同じもの」と言った。

光子は上品なスーツ姿で、髪をキチンとセットして薄く化粧していた。お洒落してきたのだ。特別美人とは言えないが、正直で人の好さそうな顔をしていた。

「資が女性連れとは珍しいな」

注文が一通りすむと、時彦が待ちかねたように声をかけた。

「うん。ある意味同級生。再会したの、三十三年か四年ぶり」

資が横を向いて確認するように言うと、光子はニッコリして頷いた。

「ある意味同級生って、意味深ね」

「まあね。江戸高の同学年で、俺が全日制、光子さんは定時制」

資は都立江戸川高校の卒業生で、同校には今でも定時制がある。

「昼と夜に分かれた二人が、どうやって知り合ったんだい？」

時彦が興味津々で質問した。秋穂も音二郎も気持ちは同じだ。

「まずは、乾杯」

資はホッピーのグラスを掲げ、光子と乾杯した。いつもの資に比べて明るく、堂々としている。光子に良いところを見せたいのだろう。

「あら、これ、美味しいわ」

シジミを一粒口に入れた光子が、器の中のシジミを覗き込んだ。

「ありがとうございます。よろしかったらお代りして下さい。初のご来店に、サービスしますよ」

光子は小さく頭を下げて、問いかけるように資を見た。

「ここ、店はシケてるけど、結構気の利いたもん出してくれるんだよ」

「資さん、失礼よ。『時代がついてる』って言わなくちゃ」

光子が睨む真似をすると、資は嬉しそうにデレデレと相好を崩した。老いも若きも、男子は好きな女子にたしなめられると嬉しいらしい。その様子は、三十数年の時をさかのぼり、二人とも一気に高校生に戻ってしまったかのように見える。不思議なもので、学生時代の友人と会うと、人は誰でも学生時代に戻れるのだ。

「この後、煮込みでよろしいですか？　うんと下茹でしてありますから、臭味はないですよ」

「はい。モツ煮、大好き。私、北海道なんで、羊も大好物なんですよ」

光子は外見同様、気取りのない素直な人柄のようだ。

「資くん、そろそろ二人の馴れ初めを聞かせてよ」

資と光子がホッピーを半分ほど飲んだ頃合いを見計らって、秋穂は催促した。

「あれは高校二年に進級した春、ゴールデンウイークの始まる前だったかなあ」

資は懐かしそうに話し出した。

土曜日、資は体育の授業で体操着のズボンに鉤裂きを作ってしまった。家に持ち帰って母親に継ぎを当ててもらおうと思い、机の中に突っ込んだのだが、忘れて帰宅してしまった。月曜日にも体育の授業があるのだが、仕方ないので破れたままのズボンで凌ごうと諦めた。

ところが月曜日、登校して机の中を見ると、ズボンがきれいに畳んで入れてあり、しかも鉤裂きにはきれいに継ぎが当たっていた。

資は感激して、ノートを破ってお礼の手紙を書き、机の中に入れた。するとその二日後、机の中に封筒に入れた返信があった。

「まあ、それがきっかけで、文通って言うの、始まったわけ」

「ロマンチックねえ」

秋穂はうっとりと目を細めた。音二郎も時彦もよだれの垂れそうな顔をしている。

「文通」という行為には、平成に入って失われたロマンが詰まっているのだ。

「次はイタリア料理人直伝の鯵のタルタルをお出ししますけど、お飲み物、どうなさる？　ホッピーの中身で良いかしら？」

資は光子の顔を見て、声に出さずに確認した。

「そんじゃ、せっかくだから日本酒もらうよ。ぬる燗で。中身はその後でお代りする」

「はい、お待ち下さい」

勅使河原仁に教わったとおり、一センチ角に切った鯵にしっかり塩胡椒をしてレモン汁を振りかけた。こうすれば水分の多い野菜と混ぜ合わせても味がぼやけないと言っていた。奮発して赤玉ネギとケッパーと黄色いパプリカとミントの葉も買ってきた。他にタルタルに混ぜる野菜はキュウリ。紫と緑と黄色で、色もきれいだ。

「お待ちどおさまでした」

ガラスの器に盛ってミントの葉を飾り、四人のお客の前に並べた。

「あら、お洒落ねえ」

続けてぬる燗の徳利と猪口を二つ置く。

「秋ちゃん、最近腕上げたんじゃねえか」

音二郎がタルタルを口に入れて舌鼓を打った。

「そうね。なんか、魚に対する遠慮が消えたみたい。うちの人みたいに自分で下ろせなくても、冊や刺身で買ってきて一手間かければ、それはちゃんとした料理なんだって、プロの料理人がそう言ってくれたから」

「そりゃあそうだ。客は出来上がりの料理が美味きゃ、それで満足よ。この洋風鯵のタタキ、美味いぜ」

常連の音二郎からお墨付きをもらって、秋穂は嬉しかった。

見れば資も光子も美味そうにタルタルを食べ、ぬる燗を差しつ差されつしている。

「次はキノコとホタテのアヒージョです。熱い料理だから、ホッピーにしますか？」

「うん。中身、頼む」

資がホッピーのグラスを指さした。

「しかし、資よ。こちらのご婦人とは一度も顔を合わさず、文通だけで終わったのかい？」

時彦が好奇心を抑えかねて身を乗り出すと、資と光子はほんのりと微笑を浮かべて互いの目を見交わした。

「いや、冬休みの後、一回会おうって約束したんだ」

「手紙で会いたいって言われたときは、私は嬉しくてドキドキしました。もう一年近く手紙の遣り取りをしてきて、毎日顔を合せている友達より、もっと深い結びつきが出来ているような気がしてました。でも、実際には顔を見たこともない……。何度も会いたいと思いましたけど、女の私から言い出すなんて出来なくて」

資はどぎまぎしたのか、目を泳がせてやや声を上ずらせた。

「何だ、そうだったのか。言ってくれたら、もっと早く会えたのに」

「昔の女学生は奥ゆかしかったんだなあ」

「今じゃ考えられねえよ」

時彦は音二郎と頷き合った。

「会社の寮が中川沿いにあったので、京成立石の駅前で待ち合わせることになりました。土曜日の午後六時に……」

「俺、張り切って一時間前に行ったんだよ。でも、待てど暮らせど光子さんは来なくてさ。とうとう夜中の十二時になって……もうバスもないから、歩いて家まで帰ったんだ。俺の不幸を嘲笑うように、途中で雪まで降ってきやがって」

資はおどけた調子で語ったが、光子の顔は苦しげに歪んだ。

「あの時は、本当にごめんなさい」

「彼女、会社から残業を命令されたんだって」

「会うことが決まったときから、会社にこの日だけは絶対に残業は出来ませんって申し出ていたんですけど……」

光子は北海道日高町(ひだかちょう)の中学を卒業した後、葛飾区(かつしか)の染色工場に就職した。寮に住み込んで、経費を差し引いた給料は、定時制高校の学費以外は全部家に仕送りした。中卒で入社する社員は毎年二、三人いるが、定時制高校に通っているのは光子だけだった。勉強できる時間はあまりない上、疲れているのですぐ眠ってしまった。それでも高校に通えるのは嬉しかった。

「生地を染める仕事はきれいで良いだろうと想像していたんですけど、とてもそんな甘いところではありませんでした」

入社二年目に光子は「水元(みずもと)」という仕事の担当になった。染め上がった生地や糸束に水をかけ、糊(のり)や余分な染料を洗い流す作業だ。船の帆のように張られた生地に水をかける作業は、防水の胴付きロングエプロンをしていても、頭からびしょ濡れになった。

「冬は全身が凍り付きそうでした」

染色工場の仕事は、想像を絶する過酷さだった。

仲の良い二年先輩の女性は「蒸(む)し」を担当していた。染色前に生地を熱湯で蒸したり、染色後の乾燥をする作業だ。作業場は高温の水蒸気が立ちこめ、熱気で汗を搾(しぼ)り取られる作業員は、時々塩をなめながらフラフラになって働いていた。

「私は定時制に通っていたので、残業は免除されていました。でも、その年の十一月くらいからもの凄く仕事が多くなったんです。生地を卸しているアパレルメーカーの輸出が好調で、注文が増えて。お得意様なので会社も、どんなに無理しても注文に応じるしかなかったんです。それで係長から、期末試験が終わったら残業に入るように言われて、断れませんでした」

光子は終業式にも出席できず、毎日遅くまで工場で働き続けた。

一日中冷水を浴びながら作業を続けていると、指先が痺れて感覚が無くなる。それをストーブで温めて、また作業を続ける。何も考える余裕はなかった。一日の仕事を終えると、口を利く気力さえなくなった。

「それはまあ、何とも」

秋穂は言葉もなかった。自分と同じ年の女性が、これほど過酷な青春を送っていたとは、想像も及ばなかった。秋穂の年代では集団就職で上京した若者も周囲にいたが、その生活の細部は知らない。いや、考えてみたこともない。

あの頃、秋穂が当たり前のように高校生活を送っていた同じ土地には、光子のような女性も大勢いたのだ。

「でも、資さんと約束していた土曜日だけは残業はしなくて良いと、会社もOKしてくれました。だから私はその日が来るのだけを楽しみに働いていたんです。それが……」

愛知の工場から染色工場に生地を運ぶトラックが、高速道路の事故で通行止めに遭い、大幅に遅れると連絡が来た。アパレルメーカーの急な増産で、染色工場の生地のストックは底を突き、工場からピストン輸送する状態になっていた。メーカーからは今日の予定分は明日までに出荷してくれと矢の催促だった。

「それで、生地が届いたら全員全力で作業をこなさないと出荷が間に合わない。だから残業して欲しいと言われて……私は断れませんでした」

その時の無念さを思い出したのか、光子の目は涙で潤んだ。秋穂も釣られてもらい泣きしそうになった。

「月曜日に、事情を書いた手紙を机に入れました。でも、次の日も手紙はそのまま机の中にありました。受け取りを拒否されているんだと思いました。結局、一週間ずっとそのままで……私は土曜日に手紙を持って帰りました」

「いやあ。間抜けな話でさ。俺、雪に降られたせいか風邪引いて、肺炎起こしちまってさ、半月も入院したんだよね」

資が面目なさそうに頭をかいた。

「何とも切ない話だな」

音二郎が洟をすすった。

「完全なすれ違いね」

秋穂もそっと目頭を拭った。

「それで、その後もずっと染色工場にお勤めで？」

光子は首を振り、苦笑いを浮かべた。

「工場はそれから間もなく倒産しました。アパレルメーカーが調子に乗って新型設備を増設した途端、東南アジアに注文が戻って、倒産したんです。すると、債権を回収できなくなった工場も共倒れになって……」

社員寮も閉鎖されることになり、光子は仕事も住む場所も失った。

「まあ……」

なんてことでしょう……という言葉を、秋穂は呑み込んだ。光子が意外にも明るい表情をしていたからだ。

「東京で就職先を探したんですがダメで、高校も退学して実家に戻りました。それから帯広の食品工場に再就職しました。帯広って、うちの故郷と比べるとすごく都会で、人がいっぱいいて、びっくりでした。新しい会社も社員寮があって、定時制高校にも通いました。三学期の期末テストは受けられなかったけど、見込み点がついて、高校二年の単位が認められたんで、三年生に編入できました」

資が穏やかな表情で付け加えた。

「光子さん、そこで知り合った人と結婚したんだよ」

秋穂も音二郎も時彦も「それはおめでとうございます」と声を揃えた。

「おめえの方は、光子さんと会えなくなってしょげてるときに砂織ちゃんに慰められて、ほの字になったってわけか？」

音二郎が冷やかすように言うと、資は「ちゃう、ちゃう」と否定した。

「砂織と付き合うようになったのは卒業してから。クラス会で再会して、何となく」

今度は秋穂が尋ねた。

「光子さんは、東京へは観光で？」

「はい。実は、ある懸賞に応募したら、東京二泊三日の旅行券が当たったんです。今年やっと子供達も独立して手が離れたんで、若い頃を思い出してセンチメンタル・ジャーニーしようと思い立って」

「俺に言わせりゃ『舞踏会の手帖』だけど」

「新小岩の居酒屋に連れてきて『舞踏会の手帖』はないでしょ」

秋穂が混ぜっ返すと、資は「確かに」と頷いた。

「私が新小岩のお店に連れて行って欲しいってお願いしたんですよ。二年間、葛飾区に住んでたけど、会社が奥戸だったから、たまに外食するのも立石と四つ木が多くて、新小岩には立ち寄ったことがなかったんです。江戸高のすぐそばなのに」

「時に光子さん、どうして資の家が分ったんです？」

時彦が改めて尋ねた。

「新小岩の商店街を右に折れた路地で、古本屋さんをやっていると手紙に書いてありましたから。古い記憶を頼りにフラフラ歩いていたら、谷岡古書店が見つかって……」

「いや、突然『江戸川高校の全日制に通っていた谷岡資さんですか？』って訊かれたときは驚いたよ。俺には甘酸っぱい青春の思い出だけど、光子さんはとっくに忘れてると思ってたから」

光子はハッキリと首を振った。

「私の東京の思い出は、資さんと結びついてるんです。辛いこともいっぱいあったけど、資さんと文通するようになって、少しは東京の生活に馴染んだような気がしました。それに……」

光子は懐かしそうな目をして宙を見上げた。

「あの頃の葛飾って、私が想像していた東京と全然違って、高層ビルとか高速道路とかなくて、ゆったり川の流れているのどかな土地って感じでした。実家は海のそばで、冬は吹雪で海風がすごかったから、ここで暮らした二年間は青春の宝物です」

若さというのはすごいと、秋穂は改めて感動した。どんな不運や理不尽を強いられても、それをはねのけて新しい一歩を踏み出す力がある。十七歳だったからこそ、光子は打撃から立ち直り、やり直すことが出来たのだ。

「次は鱈とアサリの紙包み焼きを用意してますけど?」

秋穂が声をかけると、お客さんは全員、二つ返事で「いただきます!」と答えた。

音二郎と時彦が引き上げ、資と光子も店を出て行くと、時刻は十時に近かった。

光子は明日、上京する夫と合流して、二人で東京ディズニーランド観光をすると言っていた。資は離島にいる砂織を訪ねるという。

二人とも夫婦円満だが、遠い想い出の相手に再会して、ほんの一瞬、青春を取り戻した。テレビや小説のようにそのまま不倫に走るのではなく、再び想い出を胸にしまって、それぞれの日常に戻ってゆく。

それが良いのよね。男女の仲は恋愛に持ち込めば良いってもんじゃないもの。恋愛未満が一番良い関係だってあるわ。

秋穂はとても満ち足りた気分で、いっそ今夜は店仕舞いしようかと思ってしまった。

夢見心地を破って、ガラリと引き戸が開いた。

「いらっしゃいませ」

七十くらいの男性客で、初めて見る顔だった。

「どうぞ、お好きなお席に」

愛想の良い声で勧めたが、正直、あまり歓迎したくない客だった。不機嫌そうに口をへの字に曲げ、眉間にシワを寄せている。内心の鬱屈がもろに顔に出ていた。こういう客にからまれたり暴れられたりしたら堪らない。

その時はお隣さんに駆け込もう。

隣の焼き鳥屋「とり松」は夫婦で営んでいて、主人の方は四十そこそこだ。少年時代から柔道を習っていると言っていたから、きっと力になってくれるだろう。

「ビール」

炭谷三郎はぶっきらぼうに言った。

「サッポロの瓶になりますが、よろしいですか？」

三郎は無愛想に頷いた。心の中には憤懣やるかたない想いが渦巻いて、正直、酒の味など分りそうもない。しかし、酒でも呑まなければ、とてもやっていられない。

秋穂はビールに続いてシジミの醤油漬を出した。正直一刻も早く帰ってもらいたいので、敢えてつまみを勧めたりしなかった。

三郎はグラスに注いだビールを一息で飲み干し、大きく息を吐いた。シジミを一粒口に入れ、ビールのお代りを注ぐ。

「……？」

意外とシジミが美味いので、改めて箸でつまんで見直した。何の変哲もない醤油漬なのだが……。

「女将さん、これ、どこのシジミ？」

「さあ。スーパーの安売りで買ってきたので、よく……」

秋穂は語尾を濁して、恐る恐る尋ねた。

「お口に合いませんでしたか？」

「いや、イケる。こんな……と言っちゃ失礼だが、場末の居酒屋なのに、良い材料使ってると思ってな」

ちょっと、ホントに失礼よ。場末で悪かったわね。あんただって高級料亭の客には見えないわよ。

心の中で毒づいたものの、それはおくびにも出さずににこやかに答える。

「実は、そのシジミ、一度冷凍してから戻したんです。料理の本に、貝は冷凍すると旨味が四倍になるって書いてあったんで」

三郎は眉を吊上げた。そんなことがあるとはつゆ知らずにいた。

「それと、お醤油に少し梅干しを混ぜてあります。台湾料理屋のご主人に教わりました」

「ふうん」

三郎は残りの貝を食べた。台湾料理が少し気に障ったが、食べているうちに段々腹が減ってきた。怒りにまかせて食事の途中で家を飛び出したので、考えてみれば空腹なのだ。

「もうちょっと腹にたまるやつ、ないかな?」

「煮込みは如何ですか？　よく下煮してあるので、臭味は全然ありません」

「もらう」

秋穂は器に煮込みをよそい、刻みネギをかけて出した。

三郎はカウンターに置いてある七味唐辛子を手に取り、かなり多めに振りかけた。

あ～あ、あんなに七味をかけたら、せっかくのモツと煮汁の味が分らなくなるのに。

秋穂は心の中でイエローカードを出した。刺身や納豆ならともかく、出された料理にいきなり醤油やソースをかけるのは、作った人に対して失礼ではないかと思う。もちろん、トマトケチャップも唐辛子も同罪だ。

「ふうん。やっぱり居酒屋は煮込みが看板だな」

それでも三郎は美味そうに煮込みを平らげ、煮汁も残らず飲み干した。ついでに残っていたビールも空にした。

「ビールお代り。それと、他に何かないか、腹にたまるもの」

「そうですねえ。キャベツと豚肉の重ね蒸しは如何です？　ポン酢で召し上がっていただくんですけど」

「ああ、それくれ」

秋穂は新しいビールの栓を抜いて出してから、冷凍庫を開けた。取りだしたのは秘密兵器の容器だ。豚バラに一枚ごとに柚子胡椒を塗り、キャベツの葉を重ねて行く。肉百五十グラムにキャベツ六枚が目安だ。重ねて冷凍すると、豚肉の旨味とキャベツの甘味がアップし、柚子胡椒の味が浸みやすくなる。電子レンジでチンすれば出来上がり。ポン酢が合うが、調味料はお好みだ。

「お待ちどおさまでした」

食べやすい大きさに切り、皿に盛って出すと、三郎は疑わしそうな顔でジロジロと重ね蒸しを眺めた。しかし、ポン酢を少し付けて口に運ぶと、大きく目を見張った。

「……サッパリして食べやすい。酒の当てにもピッタリだ」

「これも冷凍の魔力ですかねえ」

秋穂は機嫌良く言ったつもりだが、三郎は何故か不愉快そうに眉をひそめた。しかし、黙々と食べ続け、ビールも進んでいる。

「今度は何か、海のものが喰いたいな」

重ね蒸しの最後の一切れを呑み込んで、三郎がぼそりと言った。

「キノコとホタテのアヒージョと、鱈とアサリのカルトッチョ、どちらがよろしいですか？」

「そりゃあ、どこの料理だ？」

「アヒージョはスペインのオリーブオイル煮、カルトッチョはイタリアの紙包み焼きですけど、うちのは日本料理ですよ。私が作ってるんで」

三郎は初めて小さく笑った。

「両方くれ」

「はい。ありがとうございます」

空腹が満たされるにつれ、三郎の機嫌も良くなってきた様子で、秋穂はひとまずホッとした。

冷凍庫からフリーザーバッグを取りだした。中身は三種類のキノコと茹でホタテとイタリアンパセリを、下ろしニンニクとオリーブオイルで和えたものだ。そのまま鍋に空けて火を通すだけで良い。味付けは塩のみ。

キノコは三種類以上なら何でも良いが、今回はマッシュルームとしめじと舞茸を使った。キノコの旨味とホタテの出汁がオイルに染み渡って、絶品のアヒージョが出来上がる。残ったオイルは炒め物にも使えるし、パンに塗っても美味い。

「はい、どうぞ。お熱いですから、お気を付けて」

厚手の小鉢に盛って、スプーンを添えて出した。

「そのオイル、パンに塗って食べても美味しいんですよ。フランスパンがありますけど、少しお出ししましょうか?」

「そうだな。頼む」

秋穂は買い置きのバゲットを薄めに二枚切り、トースターで軽く炙ってから小皿に載せて出した。

三郎はスプーンでオイルをすくい、バゲットの端に垂らして一口囓った。

「……煮魚の汁で飯を食う感じかな」

「そうですね。西洋料理じゃ、お皿に残ったソースはパンで拭き取って食べますからね」

「中華でもやるな。饅頭(マントウ)……肉饅や餡饅(あんまん)の皮みたいなやつだが、餡かけの残りをそれに付けて食べるんだ」

店に入ってきたときの不機嫌さはすっかり影をひそめ、料理と酒を楽しんでいる様子だった。

秋穂はカルトッチョの調理に取りかかった。とはいえ、これもレンチンである。

鱈に塩胡椒を振り、下ろしニンニクを塗ってオーブンシートの真ん中に置く。そして冷凍庫から出したアサリと、半分に切ったミニトマト、バジルの葉を散らし、白ワインとオリーブオイルをかけたらしっかりシートの口を閉じ、電子レンジで四〜五分加熱するだけだ。加熱の目安はアサリの口が開いたらＯＫ。

ちなみにカルトッチョはイタリア語で、「カルタ」は紙を意味し、ホイルや紙で包み焼きにする料理を指す。

シートごと皿に載せて出すと、三郎はしげしげと眺めて溜息(ためいき)を漏らした。

「奉書焼きみたいなもんか」

「そうですね。オーブンシートに包んであるから、魚貝の旨味が凝縮されて、調味料もほとんどいらないくらいですよ。お皿も汚れないし」

三郎は皿に目を落とすと、またしても黙々と料理を口に運び、合間にビールで舌を冷やした。

「ふう……」

さすがに満腹になったのか、胃のあたりを手でさすっている。

「女将(おかみ)さん、シメにご飯物がないかな」

「ええと、おにぎりやお茶漬けなら出来ますが……軽めがよろしかったら、おかゆもありますよ。とろろ昆布の餡をかけるのが、うちのお勧めなんですけど」

資達のために多めに粥(かゆ)を炊いたので、まだ残っていた。温め直して餡をかければ、シメにピッタリだ。

「ああ、その粥にしてくれ」

「はい。お待ち下さい」

「それと、日本酒、冷やで一合」

秋穂は残った粥を小鍋に移して火にかけ、日本酒の徳利を三郎の前に置いた。

「女将さんも一杯どうだい？」

三郎が徳利を目の高さに持ち上げて尋ねた。

「ありがとうございます。じゃあ、いただきます」

秋穂は自分用の猪口を出し、酌を受けた。自分へのご褒美のつもりだった。不機嫌だった客がここまで上機嫌になったのだから、自分の料理も大したものだ。

おかゆが煮立ってきた。小丼に盛り、とろろ昆布出汁で作った醤油餡をかけたら、青ネギと下ろし生姜をトッピングする。秋穂は朝、残り物のこのおかゆを食べる度に、いつか瓢亭で本物の「瓢亭粥」を食べてみたいと思うのだった。

三郎はレンゲですくった餡かけの粥にふうふうと息を吹きかけ、口に入れた。ゆっくりと呑み込むと、じっと目を閉じた。

「出汁の効いた餡をかける……それだけの工夫で、いつもの白粥がまったく別の料理に変身するんだなあ」

感慨のこもった声音だった。

「料理って、不思議ですねえ。正解もないし、ゴールもないんだから」

三郎は大きく頷くと、ゆっくりとおかゆを食べ、冷や酒を飲んだ。

「ああ、美味かった」

「おそまつさまでした」

秋穂はほうじ茶を入れて出した。ちょっと迷惑に思っていたこの新しいお客に、今は親近感さえ抱いていた。

「それにしても女将さん、あんたは大したもんだ。ずっと見てたが、ほとんど火を使わないで次から次へと、美味い料理を作って出す」

「いやだわ、お恥ずかしい。全部手抜きなんですよ。作り置きと冷凍とレンチンでお茶を濁してるんです」

「だからさ。俺にはとても真似の出来ない芸当だ」

三郎は悩ましげに溜息を吐いた。

「実は、俺は中華料理屋をやってるんだ」

「まあ、そうでしたか」

秋穂も実は、三郎が調理の様子を見る目つきから、料理人ではないかと感じていた。キチンと料理の修業をした者から見れば、秋穂の素人料理は見るに堪えなかったかも知れない。

「中華料理は火力が命ですものねえ。中華料理屋さんのガス台、すごい炎が出て、見てて怖いくらい」

「そうさな」

何故か三郎は悩ましげに目を逸らした。

「中華料理の鍋振りってすごいですよね。チャーハンなんか、ご飯が炎の上で踊ってて」

マンガ「美味しんぼ」で仕入れた知識だが、お客を喜ばせたくて言ってみた。しかし、三郎はますます浮かない顔になった。

「葛飾も、昔は町工場が沢山あってなあ」

急に話が変ったが、光子と会った直後なので、秋穂に戸惑いはなかった。

「そうですね。奥戸の方には大きな染め物工場があって」

「染色は葛飾の地場産業だったからな。青砥にはデカいインク工場があったし、鋳物工場や玩具を作る工場も多かった」

「そうですね。私が子供の頃には町工場と農地がそこら中にありましたよ。今はほとんどが住宅になってしまいましたね」

「まあ、細々とは残ってるが、昔とは比べものにならないな」

三郎は懐かしそうに目を瞬かせた。

「みんな、朝から晩までよく働いたよ。工員さんは地方から上京して就職した人が多くてさ。みんな寮住まいだから、昼は大抵外食になる。賄いが付いてない寮に入ったら、朝昼晩と外で喰うしかない。だから朝からやってる定食屋も多かったし、中には一日やってる店もあった」

「俺が最初働いた店は川崎でさ。あそこは工業地帯があって、二十四時間稼働するんだよ。機械を止めると損になるからさ、早番、遅番、明け番と、八時間の三交代制だ。だから店も二十四時間営業で、明け番の工員さんは朝からビールや焼酎飲んでたよ」

三郎はほうじ茶を啜って話を続けた。

「六年修業して、二十四で独立してこっちに店を持った。あの頃は若い工員さんと女工さんが近所にいっぱいいて、毎日そりゃあにぎやかだった。仕事が終わった後は、若者には中華が人気だった。居酒屋じゃあ腹が膨れないからな」

秋穂にもその光景が目に浮かんだ。秋穂の家の近所でも、中華料理屋さんには昼も夜もお客さんが詰めかけていた記憶がある。

「今日、昔、奥戸の染色工場で働いていたお客さんが見えたんですよ。女の方で、北海道の中学を卒業して、集団就職で東京に来たそうです。毎日頭から冷たい水をかぶって、びしょ濡れになりながら生地を洗う作業をしていたって……。私、お話を聞きながら涙が出そうでした。こっちがのんびり高校生活を送っていた傍らで、同い年の女の子が、そんな辛い労働をしていたなんて」

三郎は何度も頷いた。

「うちの店に来てくれた若いお客さんも、みんな似たような境遇だった。俺だって同じさ。十八で静岡から出てきて、住込みで働いた。風呂なしで六畳一間に四人相部屋、十二時間労働は当たり前、休みは週一回あれば良い方でさ。嫌気がさして辞めてく先輩もいたが、俺は辛抱して何とか自分の店を持てるまで頑張った」

「ご苦労なさいましたねえ。でも、その甲斐はあったんでしょう？」

「まあな」

三郎は少し得意気にぐいと顎を上げた。

「息子と娘は大学まで出したし、かみさんは三回も海外旅行に連れて行った」

「羨ましい。私、新婚旅行でハワイに行っただけで、その後は温泉にも連れてってもらえませんでしたよ」

しかし、秋穂はそれを不満には思っていない。教師時代は二人とも雑用……教育ではないのが皮肉だが……に追われて忙しすぎた。米屋を始めてからは店の経営に手一杯で、暇が無かった。そしてようやく店も軌道に乗り、余裕が生まれ、「今度、三日くらい店を休んで、のんびり旅行でもしよう」と話していた矢先に、正美は亡くなった。もしもう少し寿命があれば、きっと海外にも連れて行ってくれたはずだ。

「今からでもご亭主をせっついて、連れてってもらえば良いのに」

「そうもいかないんですよ。主人、十年前に亡くなっちゃったんで」

三郎はハッとして少し狼狽えた。

「すまない。余計な事を言ってしまって」

「いいえ。もう慣れました。それに、何だか、今でもそばにいるような気もするんです。変ですねえ」

「いや、違う。きっと女将さんとご亭主は固い絆で結ばれてたんだよ。だから片方が先に旅立っても、気持ちは繋がってるんだ」

「そんな風に仰っていただけると、嬉しいです」

三郎はしかし、寂しげに微笑んだ。

「うちはいったい、どこで間違っちまったのかなあ……」

秋穂は他人事に余計な口を挟むのは良くないと分っていたが、目の前の善良そうな料理人の屈託が気になって、黙っていられない気持ちになった。

「ご家族の間で、何か行き違いがあるんですか？」

「行き違いというか……」

一度溜息を漏らしてから、再びぼそりと先を続ける。

「店を閉めろって言うんだよ。かみさんも息子も」

「あら、まあ。どうして？」

「もう年だから、この先店を続けても仕方ないだろうってさ。そりゃあ近頃は、うちの近所も町工場はどんどん少なくなって、お客さんだって昔とは比べものにならないくらい減ったよ。しかし、ずっと通って下さる常連さんだっている。たまに新しいお客さんも顔を見せてくれる。何しろ自宅兼店舗で家賃は要らないし、かみさんと二人でやってるから人件費もかからない。赤字ならともかく、黒になる月もあるし、悪くてもとんとんで収まってる。それを閉めろってんだから、俺はもう情けなくて」

胸のつかえを吐き出したかったのだろう。三郎は一気に語った。

「そりゃそうですよね。店は子供みたいなもんですから。私だって身体が続かないなら諦めるけど、まだ現役でやれるのに引退なんて、考えられないです」

秋穂は妻子に引退を迫られたという三郎の気持ちが良く分った。どんなに口惜しく情けなかったことだろう。三郎が矍鑠としているのは、おそらく料理人として現役で店を切り回しているからで、これが引退して所在なく日を送るようになったら、いっぺんで老け込んでしまうに違いない。

「それにしても、奥さんも息子さんも、どうして急に引退を勧めたりなさったんですか？」

「息子の住んでる賃貸マンションが、来年契約更新なんだ。それで、契約が終わるのを機に、うちを二世帯住宅に建て替えて同居したいって言うんだ。そうすれば俺たちの老後の面倒もちゃんと見られるからって。……ッたく、冗談じゃねえ！　人を年寄り扱いしやがって」

秋穂は共感を込めて頷いた。三郎はおそらく「老後」など考えたこともないはずだ。厨房に立てなくなったら、その時人生は終わる。

「奥さんはなんて仰ってるんですか？」

夫と二人で長年店を支えてきたのだから、おそらく愛着があるはずだが……。

「二世帯住宅っていうのに、やられたらしい。働くのをやめて、趣味のサークルに入って、日帰りバス旅行をするような生活がしてみたいんだと」

その気持ちもまた、良く分る。飲食店を経営するのは、とにかく忙しい。時間に余裕のある生活に憧れる。

「ただ、最初の一年か二年は良いと思うんですけど、その後は暇を持て余しちゃうんじゃないですかねえ。奥さん、まだ六十代でしょう？」

「六十八。四つ下だ。川崎で働いているとき知り合って、今の店を持ってすぐ結婚した」

「それじゃあ、奥さんもお店に愛着がありますよね。二人で育ててきたんですから。それなのに、どうしてご主人の気持ちが分らないんでしょう」

三郎は急にバツの悪そうな顔をした。

「……実は、その、先週、ボヤを出しちまって」

「ボヤですか？」

三郎はますます面目なさそうな顔になった。

「ああ。鍋に火が入って、天井まで焦がしちまって。まあ、幸い火はすぐ収まって、大した被害はなかったんだが……」

語尾を濁した様子で、その事件が三郎の自信とプライドをひどく傷つけたことを物語っていた。

「それで、かみさんと息子はすっかり震え上がった。このまま店を続けてたら、いつか大きな事故が起きるかも知れないって言いやがる。店にはいつも油鍋とスープの寸胴が火にかかってるから、大火傷を負うか、大火事を出すか、分ったもんじゃない。心配で居ても立ってもいられない、だと」

その話を聞くと、三郎の妻子の心配も、あながち的外れではない。

三郎は情けなさそうに頭を振った。

「俺も女将さんみたいに、電子レンジを使って料理を作れたら良いが、とてもそれは出来ない」

「中華料理は火力が命ですものねえ……」

秋穂も溜息を吐いた。

三郎の妻子が心配しているのは、中華料理が炎を操って調理するからだ。もし三郎が寿司職人なら、引退を勧告したりしなかったかも知れない。

とはいえ、強力な火力なしに、美味しい中華料理は作れない。中華には炎が必要なのだ。

……あれ？

ふと、頭の中を誰かの言葉がよぎった。

「銀座にあるミシュラン二つ星の高級中華料理店も、ＩＨクッキングヒーターで調理してるのよ。説明受けて本当にびっくりしたわ。野菜炒めはシャキシャキで、鶏のローストなんて、皮はパリパリ、中はしっとり、もの凄く美味しかった。まさかＩＨでここまでのグレードが出せるとは思わなかった。調理器具も日進月歩よ」

そうよ、これよ！

「お客さん、ちょっと待ってて下さい！」

　秋穂は二階への階段を駆け上がった。箪笥の抽斗にしまいっぱなしになっていた、加古川美麻にもらったＩＨクッキングヒーターのパンフレットを取り、再び階段を駆け下りた。

　店に戻ると、三郎は呆気に取られた様子で大人しく座っている。

「これ、これ！」

　秋穂はパンフレットを三郎の前に差し出した。

「すごい火力で、野菜炒めはシャキシャキ、鶏肉は皮はパリパリ、中はしっとりに焼けるんですって。でも、炎が出ないから火事の心配が無いんです。これを使えば、安心してお店を続けられるんじゃありませんか？」

「ＩＨって、電熱器だろう？」

　三郎は疑わしげにパンフレットを眺めた。

「それが、科学の進歩で、すごい優秀なんですって。銀座の超一流の中華料理屋さんも、これを使ってるそうです。ええと、グルメリポーターの……加古川美麻さんって、ご存じですか？」

「ああ、良くテレビに出てるよな」

「あの人がこのパンフレット、くれたんです。だからデタラメ言ってるわけじゃないと思いますよ。一度ショールームへいって、実物を見てきたらどうですか？」

三郎の表情がわずかに動いた。

「ね！　もしこの器械でＯＫだったら、お宅を二世帯住宅に建て直しても、一階をお店に出来るんじゃありませんか？　奥さんも息子さんも、火事を出す心配がなければ、お店を続けることに反対はしないと思うんですけど」

三郎の目が生き生きと輝いてきた。

「……そうか！」

秋穂は思わず微笑んだ。

「これ、差し上げます」

「良いのかい？」

「うちはまだ当分、改装の予定はありません。早いとこ奥さんと息子さんと話し合って下さい」

「すまないな。恩に着るよ、女将さん」

三郎はパンフレットを小脇に抱えると店を飛び出した。そして三歩歩いたところであわてて引き返してきた。

「悪い。忘れてた。お勘定」

「はい、ありがとうございます」

秋穂は勘定書きを手に、もう一度微笑んだ。


新小岩の駅に降り立ったときは、すでに夕闇が降りていた。総武線の近隣の駅にはみな駅ビルがあるが、新小岩は駅ビルがない。小さな商店が寄り集まっていて結束が固く、反対運動があるからともいわれている。

南口の駅前広場の先にはアーケード商店街が広がっていた。ルミエール商店街という長い商店街を南へ歩き、途中の路地を右に折れ、最初の角で左に曲がる。

目指す居酒屋はその路地にあった。迷うほど複雑な道ではない。それなのに、見つからなかった。見覚えのあるレトロなスナックと焼き鳥屋はある。それなのに、その二軒に挟まれて控えめに赤提灯の灯っていた居酒屋はない。さくら整骨院という治療所がシャッターを下ろしている。

こんな、バカな。

三郎は左隣の「とり松」という焼き鳥屋の引き戸を開けた。

「いらっしゃい」

カウンターの中から主人が声をかけた。七十くらいだろう。傍らでは女将さんらしき女性が生ビールをジョッキに注いでいた。

カウンターには先客が六人居て、四人は老人だが、二人はまだ若い男女だった。

「あのう、ちょっと伺います。この近くに米屋という居酒屋はありませんか？」

三郎の言葉に、背を向けていた六人の客が一斉に振り返った。その視線に、三郎は思わずたじろいだ。

「な、何か？」

「この人も秋ちゃんと会ったみたいだね」

髪を薄紫色に染めた老女が、誰にともなく言った。

「世話好きな性格は、あの世に行っても変らないんだな」

それを受けて、顎髭を生やした老人が言う。

「あの世でも店を続けてるのかなあ」

きれいに頭のはげ上がった老人が呟くと、隣の席の、釣り人が着るようなポケットの沢山ついたベストを着た老人が苦笑した。

「米屋は最後の方で、急につまみのグレードが上がったからな。本人ももうちょっと続けたかったんだろう」

「そうそう。昔、光子さんを案内したときは、鰺のタルタルにホタテとキノコのアヒージョ、鱈とアサリの紙包み焼きなんか出てきたっけなあ」

顎髭を生やした谷岡資が言うと、頭のはげ上がった沓掛直太朗は懐かしそうに言った。

「とろろ昆布の餡かけおかゆ、美味かったなあ」

三郎は何が何だか分らずに、コホンと咳払いをした。

「あのう、すみません。米屋をご存じないですか？」

美容院リズの店主井筒小巻が、気の毒そうな顔で答えた。

「あのね、米屋はもうないんですよ。三十年前に女将さんの秋穂さんが急死して、閉店したんです」

「そ、そんな、バカな！」

三郎は思わず大声を出した。

「悪い冗談はやめて下さい。私は一週間前に店に行ってるんです。女将さんと話もしてるし、酒を飲んでつまみも食べました。今さっきどなたかが言っていたアヒージョと紙包み焼きを食べましたよ。シメにとろろ昆布の餡かけおかゆも出してもらいました。あれが夢か幻だって言うんですか？」

三郎は小脇に抱えていたＡ４判の封筒から、ＩＨクッキングヒーターのパンフレットを出して、一同に見えるようにかざした。

「これは女将さんがくれたんです。この器械を使えば、火を使わなくても美味しい中華料理が作れるって教えてくれて。お陰で私は店を続けられることになったんですよ。だから、どうしてもひと言、女将さんにお礼が言いたくて……」

「あのう……」

一番端の席に座っていた若い女性が、遠慮がちに声をかけた。

「ちょっと、そのパンフレット、拝見できますか？」

三郎はその時初めて、その女性が加古川美麻だと気がついた。

「あんたは、確か、グルメリポーターの？」

「はい。加古川美麻です。このパンフレット、私が女将さんに差し上げたものかも……」

三郎はパンフレットを差し出して確かめた。

「ああ、女将さんもそう言ってた。加古川美麻さんにもらったって」

美麻は思わず涙ぐんだ。

「女将さん、私が気まぐれに渡したこのパンフレットを役に立ててくれたんですね。別の人を助けてくれたんですね」

隣に座った勅使河原仁も目を潤ませた。

「女将さん、ちゃんと鯵のタルタルを作って、店で出してくれたんだね。食べに行くって約束したのに、守れなくてごめん」

小巻が若い二人に優しく声をかけた。

「それを聞いたら秋ちゃん、きっと喜んでるわ。若い人の役に立てたんだもの」

水ノ江太蔵が三郎に言った。

「若くなたって、誰かの役に立てたら、きっと喜ぶさ」

三郎はやっと事情を呑み込んだ。自分が出会った女将はゆうれいだったのだと。

しかし、恐怖は少しも湧いてこなかった。改めてあの夜の優しい心遣いが、じんわりと胸を温かくした。

「どういうご縁か分りませんが、米屋の女将さんのお陰で、私は生甲斐を失わずにすみました。心からお礼を言わせて下さい」

三郎は深々と頭を下げ、心の中で秋穂に手を合せた。

直太朗も、資も、小巻も、太蔵も、そして仁と美麻も、秋穂と亡くなった人たちに思いを馳せ、心の中で合掌した。

あとがき

「飲食店を舞台にした新しい小説を書いてください」

編集者からの依頼を受けたとき、私の頭に漠然と浮かんだのは『異世界居酒屋「のぶ」』と『奥さまは魔女』でした。

『異世界居酒屋「のぶ」』は中世ヨーロッパ風の架空の街に普通の居酒屋が出現し、普通に営業を続けるというシュールな作品で、『奥さまは魔女』はアメリカの一九六〇～七〇年代の人気ドラマでした。

私は『食堂のおばちゃん』と『婚活食堂』という二つのシリーズで、かなり地域密着型の食堂小説を書いているので、現実と違う空間を舞台に、「奥様は……魔女だったのです」ならぬ「女将(おかみ)さんはゆうれいだったのです」という話を書いてみたくなりました。

いきなり発想がゆうれいに飛んでしまったのは、二〇一九年に母を亡くした経験が影響しているのだと思います。

母とは六十年間一つ屋根の下に暮らし、二人三脚でやって来たので、母を喪った喪失感は大きいだろうと思っていたら、意外にも「いつも一緒にいる」「いつも見守ってくれている」という気持ちになりました。あの世とこの世は別世界ではなく、地続きで、隣町くらいの近さだと感じたのです。

もちろん、これは還暦を過ぎたからこその感慨で、私も二十代の頃は死はすべての終わりだと思っていました。

というわけで、生前の恨み辛みを晴らすのではなく、懸命に生きる人たちを優しく見守り、時にはちょっとお節介をやいて助けてあげる、そんなお化けが出てくる居酒屋の話を書こうと思いました。そして、女将さんのみならず、居酒屋そのものもこの世のものではない設定にしようと、思い付きました。

こうして誕生したのが『ゆうれい居酒屋』です。

ただ、この世ならぬ居酒屋の出現する街は、馴染みのある土地を選びました。新小岩は子供の頃から映画や買物で訪れ、小学校時代は日本舞踊のお稽古にも通った土地なので、ルミエール商店街も庭のようなものでした。占い師のおじさんと仲良くなって、あんみつを奢ってもらったのも懐かしい思い出です。

当たり前ですが、半世紀の間に新小岩も随分変りました。

これから現在の新小岩の街を舞台に、懐かしさと新しさを発見しながら、どんな物語を紡いで行けるのか、作者である私自身、とても楽しみです。

『ゆうれい居酒屋』を読んで下さった皆さま、ありがとうございます。

作品の中に食べてみたいと思われた料理はありましたか？

今回は時間をかけず簡単に作れる料理と、作り置きの出来る料理を中心に書きました。そして、お高い材料を使う料理は一つもありません。

参考までにレシピを記しますので、興味のある方は挑戦してみて下さい。

失敗しても大丈夫。次はもっと美味(おい)しく作れますから。

「ゆうれい居酒屋」時短レシピ集

お通し

セロリと白滝の柚子胡椒炒め

〈材　料〉２人分

セロリ…１本　白滝…３００ｇ　ゴマ油…小匙２

Ａ［柚子胡椒…小匙１　みりん…大匙１　酒…大匙１　醤油…小匙２］

〈作り方〉

1. セロリの茎は筋を取って斜め薄切りにし、葉は細切りにする。
2. 沸騰した湯に白滝を入れ、ひと煮立ちしたらザルに取って水気を切り、食べやすい長さに切る。
3. フライパンにゴマ油を入れて中火で熱し、セロリの茎と白滝を入れ、セロリが軽く透き通るまで炒める。
4. Ａの調味料を加え、汁気がなくなるまで炒め、火を止める。
5. セロリの葉を加えて混ぜ合わせる。

☆冷蔵庫で4日くらい保存できます。

シジミの醬油漬

〈材　料〉 作りやすい分量です
シジミ…500g　醬油…100cc　紹興酒(しょうこうしゅ)…60cc
砂糖…25g　梅干し…1個　生姜(しょうが)…15g　鷹(たか)の爪…1〜2本
ニンニク…3〜4片（つぶす）

〈作り方〉
1. まずシジミの砂抜きをする。水の中で殻(から)と殻をこすり合わせるようにして洗ったら、水1000ccに塩小匙1杯（いずれも分量外）を入れた液に1時間漬けて砂を吐かせる。
2. シジミを水洗いしたらザルにあげて水気を切り、フリーザーバッグに入れて冷凍する。

3．シジミ以外のすべての材料を鍋に入れて火にかけ、沸騰したら火を止めて冷ます。

4．蓋付きの容器に冷凍シジミを入れ、3の漬け汁をかける。常温で4～5時間してシジミの口が開いたら、蓋をして冷蔵庫で保存する。翌日から食べられる。

☆貝は冷凍すると旨味成分が4倍になります。特にシジミに含まれる疲労回復に効果のあるオルニチンが倍増するので、冷凍をお勧めします。

一品料理

茹で鶏のネギソース掛け

〈材　料〉2人分

鶏のモモ肉…1枚　トマト…1個　香菜…適宜

ネギソース［長ネギみじん切り・醤油・砂糖・酢・水…各大匙2
生姜の絞り汁…適宜　ゴマ油…大匙1］

〈作り方〉

1. まず茹で鶏を作る。
鍋に鶏のモモ肉を入れ、水800cc、酒100cc、塩大匙2分の1（いずれも分量外）を加えて強火にかけ、煮立ったらアクを取り、蓋をして弱火にする。そのまま10分ほど茹でたら火を止め、冷ます。

2. 材料を混ぜ合わせてネギソースを作る。完成品は冷蔵庫で4～5日保存できる。

3. 茹で鶏を食べやすい大きさに切る。

4. トマトをスライスして皿に並べたら上に茹で鶏を載せ、香菜をトッピングしたらネギソースをかける。

☆茹で鶏も冷蔵庫で4～5日保存できるので、作っておくと便利。棒々鶏（バンバンジー）ソースをかけても美味しいですよ。

海老(えび)とブロッコリーのガーリック炒め

〈材　料〉２人分

ブロッコリー…１株　小海老…２００g　ニンニク…１片

オリーブオイル…大匙2　塩・胡椒…適宜　ミニトマト…６個

〈作り方〉

1. ブロッコリーは小房に切り分け、耐熱容器に入れてラップをかけ、電子レンジ６００Wで1分加熱する。あるいは沸騰している湯で2分茹でる。
2. 小海老は塩と片栗粉（いずれも分量外）をまぶして揉(も)み、流水で洗うと臭味が取れる。洗ったらキッチンペーパーで水気を拭(ふ)き取る。
3. ニンニクはスライスし、ミニトマトはヘタを取って半分に切る。
4. 鍋にオリーブオイルを入れて弱火にかけ、ニンニクを入れて香りが立つまで炒める。
5. 小海老を入れて炒め、ある程度火が通ったらミニトマトとブロッコリーも加えて炒め、塩・胡椒で味を調える。

☆ブロッコリーも茹でるかレンチンで火を通した状態で保存しておくと、すぐに料理に使えて便利です。本文のように粉末ガーリックを使えば、よりお手軽にできます。

油揚の味噌(みそ)チーズ挟(はさ)み

〈材　料〉2人分

油揚…2枚　味噌…小匙2　シュレッドチーズ…大匙3

青ネギ（小口切り）…大匙2

〈作り方〉

1. 油揚を半分に切り、切り口に包丁を入れて剝(は)がし、袋状にする。
2. 油揚の中に味噌を塗り、シュレッドチーズを詰め、最後に青ネギを詰める。
3. そのままフリーザーバッグに入れて冷凍保存する。
4. 必要なときは冷凍庫から出して解凍し、グリルでこんがり焼く。

☆油揚は油抜きせずそのままでOK。もう一品おかずが欲しいときや弁当などに重宝します。解凍は、冷蔵庫でもレンチンでも自然解凍でもOKです。

お出汁(だし)のゼリー

〈材　料〉　２人分

鰹節(かつおぶし)と昆布のミックス出汁…400cc　粉ゼラチン…5g　水…大匙2

薄口醤油…小匙3分の2　みりん…小匙3分の2　塩…ひとつまみ

ぶぶあられ…適宜　ミントの葉…適宜

〈作り方〉

1. 粉ゼラチンに水を入れて混ぜ、10分置く。
2. 出汁を熱し、薄口醤油・みりん・塩を入れ、火を止めてから溶かしたゼラチンを加え、よく混ぜる。

3. 出汁の粗熱が取れたら容器に移し、冷蔵庫で冷やす。
4. ぶぶあられとミントの葉を飾る。
☆自分で出汁を取るのが面倒な人は、市販の食塩無添加の昆布出汁と鰹節出汁を混ぜて使うのがお勧め。
☆酢橘やレモンの絞り汁をかけるのもお勧め。

春雨中華スープ

〈材料〉1人分
青梗菜…2分の1株　長ネギ…4分の1本　海老…6尾
エノキ…2分の1袋　乾燥春雨（半分の長さに切る）…40g
鶏ガラスープ…500cc　ゴマ油…大匙1　塩・胡椒…適宜
酒…大匙1　醤油…大匙1

〈作り方〉

1. 青梗菜は2センチ幅に切り、長ネギは斜め切り、エノキは半分の長さに切る。

2. 海老は「海老とブロッコリーのガーリック炒め」と同様の下処理をして、酒と醤油で和える。

3. フリーザーバッグに、海老、野菜類とエノキ、春雨の順で入れて、冷凍庫で保存する。

4. 鍋に**3**を冷凍のまま入れ、鶏ガラスープとゴマ油、塩・胡椒を加えて煮る。

☆スープセットをワンパックで冷凍してあるので、とても便利です。

鮭の酒蒸し梅胡麻だれ

〈材　料〉2人分

生鮭…2切れ　長ネギ…1本　人参…50g　塩…少々

バター…10g　酒…大匙3

A ［梅肉・ゴマ油・醤油・みりん…各大匙1　水…大匙1　白煎り胡麻…適宜］

〈作り方〉

1. 鮭に塩を振って10分ほど置き、水気を拭き取る。
2. 長ネギは斜め薄切り、人参は長さ5センチの細切りにする。
3. 平らな耐熱容器に長ネギと人参を敷き詰め、その上に鮭を皮を下にして並べ、バターを載せ、酒を振る。
4. ふんわりとラップをかけて電子レンジ500Wで7分加熱する。3分ほどラップをかけたままにしておく。
5. Aの材料を混ぜ合わせて梅胡麻だれを作り、出来上がった料理にかける。

☆レンチン料理で一番豪華に見えるのは魚の蒸し物です。他の魚でも試して下さい。タレを変えれば味のバリエーションも広がります。

タコのカルパッチョ

〈材　料〉　2人分
茹でダコ…100g　オリーブオイル…大匙1　塩・胡椒…適宜
レモンの絞り汁…適宜　パセリ…適宜

〈作り方〉
1．タコを薄く切る。その方が短時間で解凍できる。
2．切ったタコを、重ならないようにフリーザーバッグに並べ入れ、オリーブオイルをかけて冷凍庫で保存する。
3．冷凍庫から出して解凍したら、皿に並べ、塩・胡椒、レモンの絞り汁をかけ、刻んだパセリを散らす。

中華風茶碗蒸し

〈材　料〉　3～4人分

卵…2個　豚挽肉…60g　干しエビ…大匙1　春雨…20g
鶏ガラスープ…330cc　刻みネギ・香菜…適宜　塩・油…少々
ネギ油（普通のサラダ油で代用可）…少々
A［鶏ガラスープ50cc　醤油…大匙1　ナンプラー…小匙1］

〈作り方〉

1. 鍋に湯を沸かし、塩と油を少し入れて沸点を高めたら豚挽肉を入れ、さっとかき混ぜて湯から上げる。
2. 干しエビと春雨はそれぞれ湯で戻し、春雨はキッチン鋏で食べやすい長さにカットする。
3. 器に干しエビ、春雨、茹でた豚挽肉を、全体に散らすように入れる。
4. 卵をボウルに割り入れ、泡立てないようにかき混ぜたら鶏ガラスープを冷ましたものを少しずつ入れ、混ぜ合わせる。
5. 卵液をザルで漉して、滑らかにする。
6. 器に卵液を注ぎ入れる。
7. 湯気の立った蒸し器に器を入れ、強火で15分蒸す。この時、蒸し器の蓋を少しずらしておくと、スが立たない。
8. 鍋に**A**の材料を入れて混ぜ、沸かす。
9. **8**を蒸し上がった茶碗蒸しにかける。
10. 刻みネギを載せ、熱したネギ油（サラダ油でも可）を回しかける。
11. 最後に香菜を載せて出来上がり。

☆ゼロから作る方のために、敢て本文とは違う作り方をご紹介しました。本文に出てくる春雨スープの具材を使った作り方は、「春雨中華スープ」のレシピと本文を参考にしていただければ、キチンと作れますので。

キャベツと豚肉の重ね蒸し

〈**材料**〉2人分
豚バラ肉…150g　キャベツの葉…6枚　柚子胡椒…小匙1　酒…大匙1

〈作り方〉

1. 柚子胡椒を酒で伸ばす。
2. 豚バラ肉1枚ごとに伸ばした柚子胡椒を少しずつ塗り、キャベツと重ね合わせ、蓋付きの容器に入れて冷凍庫で保存する。
3. 冷凍庫から出したら容器の蓋をずらし、電子レンジ600Wで4～5分加熱する。
4. お好みでポン酢を付けてどうぞ。

☆冷凍することで肉の旨味と野菜の甘味が増し、しっとりした食感になりますよ。

キノコとホタテのアヒージョ

〈材　料〉 2人分

キノコ3種類以上…300g　下ろしニンニク…小匙1
ホタテ（生でも茹ででもOK）…150g　塩・胡椒…適宜
オリーブオイル…適宜　イタリアンパセリ…適宜

〈作り方〉

1．食べやすく切ったキノコ、ホタテ、オリーブオイル、ニンニクを混ぜ、イタリアンパセリも加えてフリーザーバッグで冷凍する。

2．冷凍庫から出した**1**を小鍋に入れ、キノコに火が通るまで加熱する。

3．塩・胡椒で味を調える。

☆キノコの旨味がオイルににじみ出ているので、残ったオイルは炒め物に使ってもパンに付けても美味しいです。

☆イタリアンパセリは乾燥ものより生の方が、香りも風味も引き立ちます。

鱈（たら）とアサリの紙包み焼き

〈材　料〉２人分

生鱈…2切れ　アサリ…12個　塩・胡椒…少々　下ろしニンニク…少々

ミニトマト…4個　バジル…適宜　白ワイン…大匙1　オリーブオイル…大匙1

〈作り方〉

1. アサリは砂抜きしておく。
2. 鱈に塩・胡椒してニンニクを塗る。
3. ミニトマトはヘタを取って半分に切る。
4. 30センチ角に切ったオーブンシートの中央に、鱈とアサリ、ミニトマト、バジルを置き、白ワインとオリーブオイルを回しかける。
5. オーブンシートの奥と手前を合わせて折り込み、両端をねじり、キャンディのように包む。
6. 電子レンジ600Wで4分加熱する。アサリの口が開いていなかったら、更に1～2分加熱する。

☆オーブンシートを使うので、とても簡単に作れます。失敗しない料理の代表かも知れません。

混ぜ麺（めん）

☆その前に黒オリーブと高菜（たかな）のタレ

〈材　料〉

黒オリーブ（種なし）…30粒（90g）
高菜漬けみじん切り…60g　米油…100cc　ディル（葉のみ）…10g
生姜みじん切り…40g　醬油…大匙1　ナンプラー…大匙2分の1

〈作り方〉

1．黒オリーブ、高菜、米油をフードプロセッサーにかける。素材のザクザク感を残したいので、様子を見ながらかけてゆく。
2．1をボウルにあけ、残りの材料と混ぜ合わせる。
3．密閉容器に入れて、冷蔵庫で1週間保存可能。

☆混ぜ麺

〈材　料〉　1人分

黒オリーブと高菜のタレ…100g　中華生麺…1玉

〈作り方〉

1． 湯を沸かし、麺を袋の指示通り茹で、しっかり湯切りする。

2． 予め（あらかじ）器にタレを入れておき、茹で上がった麺を加え、よく混ぜる。

☆タレは白いご飯に載せても合うし、刺身に載せればカルパッチョに、マヨネーズと混ぜてタルタルソース風に使うことも出来ます。

とろろ昆布の餡(あん)かけおかゆ

〈材　料〉 2人分

米…2分の1合　水…800cc　塩…小匙2分の1

A［みりん・薄口醤油…各小匙2］　刻みネギ・下ろし生姜…適宜

とろろ昆布出汁［とろろ昆布30gに熱湯1000ccをかけるだけ］

〈作り方〉

1. おかゆ用の米を洗い、鍋に水と共に入れて火にかけ、沸騰したら弱火にして芯がなくなるまで煮て、塩を入れて火を止める。

2. 鍋にとろろ昆布出汁200ccを入れ、**A**を加えて火にかけ、温める。

3. 器におかゆを盛り、**2**をかけ、ネギと生姜を添える。

☆味付けは好みで醤油や梅干しを加えて下さい。

塩昆布のスパゲッティ

〈材　料〉　1人分

スパゲッティ…100g　オリーブオイル…大匙1

塩昆布（細切りタイプ）…大匙1

〈作り方〉

1. スパゲッティを茹でる。アルデンテがお勧め。

2. 茹で上がったスパゲッティを湯切りし、器に盛ったらオリーブオイルと塩昆布を加えてよく混ぜる。

☆これはイタリア料理研究家タカコ・半沢（はんざわ）・メロジーさんの本に出ていたレシピです。ご本人も書くべきか書かざるべきか悩んだというくらい簡単な料理ですが、食べたらとても美味しいので、思い切ってご紹介下さったとか。皆さんも是非（ぜひ）、お試し下さい。

本書の無断複写は著作権法上での例外を除き禁じられています。
また、私的使用以外のいかなる電子的複製行為も一切認められておりません。

文春文庫

ゆうれい居酒屋（いざかや）

定価はカバーに表示してあります

2021年12月10日　第1刷
2024年7月15日　第7刷

著　者　山口恵以子（やまぐちえいこ）
発行者　大沼貴之
発行所　株式会社 文藝春秋

東京都千代田区紀尾井町 3-23　〒102-8008
TEL 03・3265・1211㈹
文藝春秋ホームページ　http://www.bunshun.co.jp

落丁、乱丁本は、お手数ですが小社製作部宛お送り下さい。送料小社負担でお取替致します。

印刷・TOPPANクロレ　製本・加藤製本　Printed in Japan
ISBN978-4-16-791800-2